深爱这个明亮
如初的世界

刘新丽 / 著

民主与建设出版社
·北京·

图书在版编目 (CIP) 数据

深爱这个明亮如初的世界 / 刘新丽著 . -- 北京：
民主与建设出版社，2023.1
ISBN 978-7-5139-3904-1

Ⅰ.①深… Ⅱ.①刘… Ⅲ.①散文集－中国－当代
Ⅳ.① I267

中国国家版本馆 CIP 数据核字（2023）第 019295 号

深爱这个明亮如初的世界
SHEN'AI ZHEGE MINGLIANG RUCHU DE SHIJIE

著　　者	刘新丽	
责任编辑	周佩芳	
出版发行	民主与建设出版社有限责任公司	
电　　话	（010）59417747　59419778	
社　　址	北京市海淀区西三环中路 10 号望海楼 E 座 7 层	
邮　　编	100142	
印　　刷	唐山楠萍印务有限公司	
版　　次	2023 年 1 月第 1 版	
印　　次	2023 年 4 月第 1 次印刷	
开　　本	710 毫米 × 1000 毫米　　1/16	
印　　张	13	
字　　数	200 千字	
书　　号	ISBN 978-7-5139-3904-1	
定　　价	59.80 元	

注：如有印、装质量问题，请与出版社联系。

目　录

第三辑　最美的人儿

第五辑　深爱这个明亮如初的世界

第一辑　光阴细碎，岁月如花

杜鹃

杜鹃，又名映山红、山石榴。

我倒是更喜欢杜鹃的另一个名字，山踯躅。

踯躅，也解释为徘徊。"徘徊"二字，在我看来，多有不舍之意。杜鹃花在春天开放可以一直开到秋天，我猜，它是舍不得这大好的山河同尘世的光阴，在四季中流连忘返，踯躅不去。

唐朝诗人白居易被贬江州司马，探望友人的途中作诗《题元十八溪居》："溪岚漠漠树重重，水槛山窗次第逢。晚叶尚开红踯躅，秋芳初结白芙蓉"。

白居易是杜鹃花迷，起初亲手移栽的杜鹃未能成活，他作诗："争奈结根深石底，无因移得到人家"。杜鹃成活后，他又作诗："忠州州里今日花，庐山山头去时树。已怜根损斩新栽，还喜花开依旧数"。

小时候生活在农村，每家都有一方院子，院子大小不同，相同的是每一家都会在院墙前种上几种花，其中一家邻居栽了几株杜鹃，春天里会开出红色和白色的花来，迎着春风，甚是好看。我每次上学走过她家门前，都会放慢脚步，左右徘徊，为着能多看几眼杜鹃花。

著名作家张恨水先生写过一篇《忆杜鹃》，他说，在杜鹃花开得漫山遍野的时候，杜鹃鸟不分昼夜地啼叫，在山中，在深谷，甚至在城区，全可以听到杜鹃的叫声。思乡的人知道杜鹃亦称为催归鸟，杜鹃一叫，那些身在异乡的人，自然会涌出一种乡情来。还没有回去，在老家等待的人会想："应是杜鹃啼不到，蔷薇谢尽未归来"。杜鹃昼夜啼叫不休，而那些因了种种俗事缠身又不能及时返回的人，难免会问，这是多少化了身的杜宇，不停地提醒已经走到天涯海角的游子，别忘了远方的那个家。

　　当年蜀国的国王杜宇，深爱百姓，死后化作子归鸟，春天一到便鸣啼山野，提醒人们快快布谷，快快布谷。

　　如今的城中，鸟少得可怜。日间的疲惫让我临睡前忘记拉上窗帘。躺在床上，头上有一轮明月，深秋的夜里，我也想起了家乡，想起了家里的父母。他们早已年长，常年不归的我，很怕接到他们的电话，父母不善表达，即便是问候，也总是那么两句："外面辛苦不？辛苦就歇歇，离家在外，照顾好自己。"最是听不得母亲这样问，因为听到母亲这样的担心和安慰，平日里所遇到的委屈和不忍便会瞬间放大，鼻子容易发酸。所以每逢母亲这样讲，我便找个理由，将通话匆匆挂断。

　　母亲也种过杜鹃花，杜鹃花开的时候，布谷鸟的叫声在头顶盘旋，母亲看着院子里的杜鹃花，便会说，该下地了。

　　父母为了赶着季节耕种，总在天不亮就出去了。有时候我会帮父母送些简单的午饭，这样他们就省去了来回的时间，在地里多做些农活出来，晚上天黑了，父母才从地里回来。听到母亲推开院门的声音，我会从屋子里飞奔出来，打开屋门跑到院子里，母亲辛劳一天也总是笑着说话，今天天气好，赶着把地里的草都薅完了，这样太阳一晒草籽干了不容易重生，庄稼长得快。

　　父母是为了收成好，遇到晴天总是愿意多做一些，像杜鹃花一样，恨不得开满四季。

　　我接下母亲肩上的锄头和头顶的草帽，打一盆清水，端给母亲洗脸。

母亲站在杜鹃花的前面，她个子高，皮肤很白，晒了一天的脸红彤彤的，比杜鹃花还好看。

母亲爱喝稀粥，可我总是把粥熬得很稠，母亲也不怪，只是喝完了粥，会再去倒一大杯的开水。端着开水的母亲左右徘徊在她种的杜鹃花前面，抬头望着漫天的星星，自言自语地说，明天又是一个晴天，早点起来把化肥扬了。

杜鹃花的花语是"爱的快乐"，这爱里的徘徊多是期望。父母更像是生长在灌木丛中的杜鹃花，我们身浸在父母朴实厚重的爱里，一步一步地向着更好的人生盛开。

木槿

　　木槿，是她的名字。

　　我认为她的父母一定是不怎么喜欢她的，不然怎么会给她起了个这么随意的名字。木槿花朝开暮萎，让人伤感。

　　木槿是一家面馆的服务员，面馆只有两个人，老板和她。我经常去吃面，所以就认识了，我看木槿也不过十一二岁的样子，木槿说她叫老板表舅。

　　面馆不大，木槿几乎包揽了所有的活儿，倒水，端面，加辣椒，偶尔帮忙算账。

　　我每次看到她，她总是微低着头，轻声应着客人的要求。出面口伸出来的小面板上，放着两个大碗，一个碗里是带皮整头的蒜，一个碗里是她剥好了的蒜瓣。她就站在那里，微低着头，一声不吭地剥蒜，她剥得很细心，蒜瓣上有一点蒜皮没有剥干净，她便用手再去抠一下，把贴在蒜瓣上的蒜皮轻轻地剥下来，有时客人吃面要生蒜，她便从大碗里拿出几瓣来，用一个小碟子盛上，递到客人的面前。

　　那天我去吃面，店里没有客人，我问她为什么不读书？

她本来微低的头，又低了一些，小声地说："家里姊妹多，母亲辛苦，出来做事能帮到母亲一些。"话没有说完，她眼里有亮晶晶的东西闪过，有客人进来，一转身她就去忙了。

看着她忙来忙去的背影，让我想起小孩子们玩的陀螺。

面店的门口有一丛木槿花，木槿适应性强易成活。木槿的花期长，花语是"温柔地坚持"。

因工作变动，我去了其他城市，最后一次到小店吃面是冬天。木槿穿了一件红色的夹袄，腰间系了一条围裙，大概是因为天冷，店里客人很多，面上来，人们都忙不迭地吃面，要蒜的、加辣的，木槿穿着夹袄不停地穿梭在仅有的几张桌子中间，像极了一朵木槿花。不知为什么，那一天的木槿没有低头，她不停地忙，头始终抬得很高，说话声音也大了，我好几次听见她隔着收钱的小台子招呼客人。

我要走的时候，她跑过来给我说："姐，我年后就回家了，母亲让我继续读书，表舅多结了工钱，够我上完初中的学费。"我看见她眼睛里发出闪闪的亮光，有客人喊结账，木槿大声地应着，一扭头又跑回去了。

曾经看过一本书，书里有写木槿花的文章，说，木槿花朝开暮落，开花短暂，但是每一次凋谢都是为了下一次更绚烂地开放，就像太阳不断地落下又升起，就像四季冬去春又来不停轮转，生生不息。这不仅让我想起那个叫木槿的女孩，她像极了一朵美丽又坚韧的木槿花，她的世界里肯定也写满了对美好生活的向往。

蔷薇

蔷薇依墙而生，她那浅绿色的茎，贴着墙壁伸向远方。

我总是喜欢蔓藤类的植物，比如蔷薇。

蔷薇原产于中国，属于落叶灌木。我也喜欢灌木类的植物，灌木两字跃入眼帘，便有一种翠绿、深绿层叠不断的画面感袭来，阳光透进灌木丛，显得生机勃勃。

蔷薇的叶缘有齿，像是有些个性的孩子，蔷薇花常常几朵簇生，开在一起，簇状的花朵互相挨着又像是一群抵着头玩耍的孩子，我仿佛看到了自己那无邪的童年。蔷薇每年只开一次花，盛开过后萼片会一片一片飘落，每天清晨路过开满蔷薇的花墙，地上全是蔷薇花瓣，薄薄的一层，微风吹过，粉红色的小小花瓣四面散开来，让人不忍落足，绕过它几步，站在花墙的对面，正对着随风轻摆的蔷薇花，如同看见一个孩子在仰着头冲你笑，它微笑了一下，又微笑了一下，你的心也就跟着松了，嘴角上扬，像个孩子一样，笑容溢满了脸。

蔷薇的种类很多，蔷薇花的颜色有乳白色、鹅黄色、玫红色、粉红色，花朵有大有小，有重瓣、单瓣，但都簇生于枝头，开得多了，不同颜色的蔷薇花簇拥着，远远望去，以为是一片小花海，美丽至极。蔷薇耐寒，虽喜阳光，半阴亦可，萌蘖性强，耐修剪，抗污染。四月开花，次序开放，可以开到十月左右。杜甫曾在成都草堂，写过邻居家的蔷薇花："黄四娘家花满蹊，千朵万朵压枝低。留连戏蝶时时舞，自在娇莺恰恰啼。"蔷薇花从黄四娘家攀缘着一直开到杜甫的篱墙上来，惹得诗人好一顿夸。

有粉红色的粉团蔷薇，它的花语是"我要与你过一辈子"，一辈子这三个字说出来真让人神往。明代顾璘曾歌咏曰："百丈蔷薇枝，缭绕成洞房。密叶翠帷重，秾花红锦张。对著玉局棋，遣此朱夏长。香云落衣袂，一月留余芳。"

你看，这蔷薇多么有情，它愿意用全部的明媚给有情的人搭一架花帐，用全部的祝福给有情的人挡风遮雨，它开心地盛开着，把全部的花香洒向有情的人们。

"一辈子"最是平淡又最是深情，一辈子是每一天、每一年。我每一天每一年都要和你在一起，舍不得分开才会说要一辈子和你在一起。我要依着你、靠着你，你就是我的墙，我舍不得的一辈子，这哪里是一辈子，明明是生生世世呀！我要在这生生世世的每一季里都开满粉红色的蔷薇花，开在你的肩上，开在你的心里。

芍药

传说芍药是人间瘟疫时，花神为救百姓，盗了王母娘娘的仙丹撒向大地，神丹落入尘土，有的变成了牡丹，有的变成了芍药。它们的叶子和根茎均可以入药。

人们把牡丹称为"花中之王"，又给了芍药"花中宰相"的美称。

提起芍药，人们自然会想起牡丹。世人皆知芍药没有牡丹美，这一王一相的区别是，牡丹是木本，芍药是草本，牡丹雍容，是贵妇态，芍药娇柔，做女儿状。

我更喜欢芍药些，抑或是觉得牡丹虽美，但贵为花王，人前人后总要端着。

姑娘少年时，长在扬州，软风细柳的江南，滋养着姑娘的童年，她学画，水粉。起初老师教画牡丹，水墨氤氲，姑娘还小，坐不住，总是跑到画室外的院子里看着一簇一簇的芍药，正值春末，花开得盛，白色的芍药挨着粉色的芍药，黄色的芍药旁边又被绿色的芍药镶了边儿，姑娘看得出神，都忘了春末的风还是凉的。

和姑娘同时学画的，还有一个少年，本是年龄相仿的孩子，可少年话少，姑娘在院子里看花的时候，少年还在画室内静静地练画，拿笔的手都出了微汗，他亦不觉得。

受了冷风的姑娘次日便告假了，本来是小感冒，几日也不见好。少年来探望，手里拿着几幅画和一捧芍药花。他对姑娘说，你喜欢芍药，等你病好了我请求老师，让你只画芍药吧。姑娘打开少年的画，不是少年拿手的牡丹，而是神态各异的芍药，姑娘开心，药未吃完，病就好了。

夏天来了，姑娘的父亲因公职调离，走的那天她跑去和少年告别，画室门锁紧闭。姑娘随父母迁移到北方，此后的很多年，姑娘再也没有画过芍药花，也再没有见过那个送芍药给她的少年。

忽有一日，姑娘想起了芍药，春初，赶去花市，买回一株芍药来。卖花的人告诉她，现在的温度是芍药的春化阶段，需要一个多月株苗方开始生长，姑娘细心呵护，日日光照，终于迎来了芍药的吐芽，看着苏醒的芍药出鳞芽、长实生苗、又展叶的过程，转眼便是五月了，芍药是五月花神，姑娘在五月的清晨，照例去看芍药，芍药开花了，是粉色的，她看着这朵粉色的芍药花，如同当年的那个少年姗姗而来，她细数着芍药的花瓣儿，足足有一百多瓣，这盛开的芍药，宛若故友，向着她，向着她把那昔日江南的美好和回忆徐徐道来。

姑娘在成年后知道，芍药还有一个别名，叫别离草。儿时的别离没有伤感，她只记得少年送来的那一捧芍药是他们年少友谊的见证，如今这株芍药亦是她对少年的思念。

谷雨看牡丹，立夏看芍药，芍药开完，夏季将至。北方也暖和了起来，外出时路边的洋槐摇曳着墨绿的叶子，槐花儿还有点羞涩地打着朵。芍药花姿绰约，花色浓淡皆宜，花期很短，故而可贵。如同姑娘和少年的相遇，虽然只是短短几笔水墨，却是她对年少时江南的珍贵记忆。

姑娘把芍药花株收了起来，来年，芍药还会开花。

荼蘼

　　我是喜欢花的，所有的花里，又最喜欢荼蘼。

　　荼蘼也叫酴醾，通俗的名字是山蔷薇，是可直立或攀缘的灌木，高度长达二到三米，荼蘼开花重瓣，又名佛见笑。春天之后，直到盛夏，荼蘼才开。苏轼有诗云："酴醾不争春，寂寞开最晚"。

　　荼蘼是寂寞的，它的寂寞又是那么深厚，那么独特，从春末延绵至深夏，等它谢落，百花即已散尽。

　　曾在云南的旅途中，偶遇一家院落，篱门虚掩，我看见院里有庞大的荼蘼花架，盛夏时节，荼蘼花任着性子开，白色的，一朵挨着一朵，铺满了整个藤廊还不够，愣是坠到了半空中，悬着。

　　就是这自命忘情的荼蘼呀，我看着它已经是没了魂魄。连招呼都忘了打，径直地走到了花架的下面，看着这开到花深处的荼蘼，不知怎么，竟流下泪来。

　　院里房间的门帘支开，一位年长的老者手握洒水壶出来，我才意识到自己失态了。不好意思地向她笑笑，未等我开口，老人已浅笑相迎："姑娘，是喜欢这花儿吗？"我那手还捂着口，便只顾着一个劲儿地向老人点头，又点头。

老人把洒水的壶放在旁边，示意我坐下，石盘的桌面上，放着几只白瓷的茶杯，老人给我倒了一杯茶，抬头望了望荼蘼花架，笑着叹了一口气。她给我说，这是先生在世时种下的，先生是个文人，读了一辈子书。他喜欢花，我望着老人，她还是那样浅笑的表情。

老人继续说，先生喜欢花，却又不喜欢牡丹、芍药之类的，偏偏喜欢这晚开的荼蘼。

我与他自幼相识，先生从小就聪明，一目十行，见字不忘。我家里父母见识少，觉得姑娘家读书无非就是识字，认识几个也就行了。我休学回家协助母亲照顾弟弟和妹妹，他去了昆明读书，临走时他说，他会回来娶我的。

先生学业优异，毕业后来我家求娶。我父母不放心，一定要让他辞去公职，回到寨子里，我不应，他好不容易苦读而就，怎么能因为我放弃功名。

老人不疾不徐地给我讲她和先生的事，脸上始终带着浅笑。

老人的先生终究还是放弃了繁花似锦的前程，回归故里，和老人结了婚，婚后的第一年，先生种下了这几株荼蘼，他对老人说："这花开得晚，却开得盛。"

此后的很多年里，先生都陪着老人在这荼蘼花架下，饮茶、读书。仿佛那对学堂里的少年，未曾分开过。

老人讲完了，我看着她，她望着头上的荼蘼花架，脸上依然是浅笑。

荼蘼本是一种伤感的花，但是我在老人眼里看到了深情，看到了几十载春秋绵延不绝的深爱，爱到荼蘼。在老人浅笑的脸上，我看到了荼蘼之美，那是爱的陪伴。尽管花事荼蘼，先生对老人的爱，却从未停止发芽、绽放。

诗人王淇写过："一从梅粉褪残妆，涂抹新红上海棠。开到荼蘼花事了，丝丝天棘出莓墙"。

我告别老人，从荼蘼花架中走出来，恍如隔世。

先生对老人是爱到荼蘼，这荼蘼花架也意蕴着他们最灿烂、最繁华和最刻骨铭心的爱。

我和老人说，我喜欢花，花中又最是喜欢这荼蘼。

玉兰

我是在苏州的一个春天注意到它的。

它就开在路边的空地上，这是一条寂静的路，我平常上下班都会经过，离公司很近，我习惯走路，初春乍暖还寒，天气晴朗时罩一件薄外套，走在路上并不觉得冷。

道路的两边本是栽了香樟和银杏，早春的白玉兰在人行道的一侧，偶尔有几棵树在一起，偶尔又是单着的一棵树。

玉兰花开在树枝上，没有叶子，一朵一朵地向上，粉白的、粉紫的，它仰着头开，我仰着头看。一不留神踩空，趔趄了一下，一条腿跪在了马路牙子上，赶紧起来往后看看有没有行人，见没人看到，放心地拍拍裤子上的一点土，再看玉兰花，它好像并不在意，依然向上盯着太阳的方向，微微一笑。

春天开花的玉兰是白玉兰，它花期短暂，开得绚烂，也有人说，它代表孤勇和优雅。我性格倔强，虽爱读书，也深知自己和优雅隔着很远，但是我深爱这孤勇。孤勇者，自有一种决绝和不返的气势，在求学和职业的道路上，曾经遇到过荆棘和凛冽，甚至是常陷逆境。对于人情世故我并不熟稔，旁人面对是非可以四两拨千斤，我实在不行，除了感到自己不堪，即便是与人争辩我也数次败于阵前。真是"技"不如人，屡次选择愤然离去，难免带着幽怨。

玉兰花开的时候，站在树下静静地闻，花香阵阵，沁人心脾，如果天晴，俏丽的玉兰花迎风倏摇，满目斑斓，美不胜收。

在树下站得久了，心情也变得很好，有些还想不开的，在新的一季里，愿意忘却，愿意放下。就当那只是经历，经历种种，是来丰富生命丰盈人生的。我虽不优雅，但愿意坦然接受成长，愿意砥砺而行。

玉兰早在春秋时期就已被种植，《离骚》中有"朝饮木兰之坠露兮，夕餐秋菊之落英"的句子，玉兰开时形似莲花，品格高洁。

读书时，有同学名叫玉兰，她样子生得好看，性格也好，是班里的劳动委员。她笑起来的声音很爽朗很干净。总有同学找她，告诉她宿舍暖气不热或楼道卫生不合格，她每次都应声而起，赶去处理，我那时喜欢她的负责和隐忍，和她是很好的朋友，毕业后断了联系，忽然在江南的春天里再想起她来，想起校园里那段美好的时光。

苏州多处种有玉兰。几年后我置业的小区楼下，零零散散地也有几棵玉兰树，春天的江南春雨连绵，我下楼，裹了厚厚的毛线绒衣，一出单元门，便看见那株玉兰要开花了，有几朵在树腰处，螺旋细长的玉兰花朵紧抱着自己，我冲它拍了几张照片。

又过了几日，它竟然开了，舒展了的花瓣向着四方张开，淡淡的藕荷色，晕染在每一朵的花瓣上面，真是好看呀！有风吹来，也是暖的了。

杏花

　　提起杏花，嘴边即刻咏出的会是"春色满园关不住，一枝红杏出墙来"，其实，叶绍翁写这首《游园不值》多少有些遗憾的韵味，诗的前两句是"应怜屐齿印苍苔，小扣柴扉久不开"。诗人不约而访，本来期望故友坐于家中，不承想，轻轻叩门，无人响应，没见到故友，抬头看见满园的春色，其中一枝杏花开出了墙外。

　　园内的春色连门都关它不住，为何非要和一枝俏丽的红杏过不去？杏花无错，错的是故友不在，驳了诗人的雅兴。诗人远行而来，悻悻而归，把失意的情绪给了越墙而出的杏花，全属无意之举。

　　杏树对土壤、地势的适应能力强，而且杏树耐寒又耐高温，零下三十摄氏度或零上四十三摄氏度均可生长。

　　我的家乡也种植杏树，在村外连成片的田地里，种了杏树的人家，大都在地头，既可观赏亦可引路。春天的周末，孩子们在家被嫌闹得慌，三两一群四五一伙便跑到野外的田里去耍。

　　有早开的杏花，一树一树的，远看是白色，近看是粉红，杏花有变色的特点，含苞待放时，朵朵艳红，随着花开，颜色由浓变淡，宋代诗人杨万里咏她："道白非真白，言红不若红。请君红白外，别眼看天工。"一首五绝写尽杏花颜色。

欢喜雀跃的孩子们踏过荞麦青青的田，挥舞着手臂，向杏花树跑过去，杏花开得很高，孩子们够不到，彼此对视，默契地笑，矮的抱着高的，用力把手伸向杏花的一枝，努力地、兴奋地仰着头，那一树的杏花近距离映入眼帘，真是好看呀！愣住的那一秒，旁边的孩子提醒着，快呀！快呀！够到了！伸手的小伙伴使着劲儿，一枝杏花折到手了，原本站在下面抱着的孩子松了一口气，扑腾一声，上面的小伙伴摔了下来，倒在松软的田里，压了一地的麦苗，别的孩子顾不上拉起他，赶紧接过那枝还在高举着的杏花，用力地闻着，自己爬起来的那个孩子也不恼，痴痴地看着那枝杏花，那是自己费力得到的，一脸骄傲的样子。

孩子们并不贪心，几个孩子折了一枝杏花，互相拥簇着回到村子里，快要到家的时候，瞅着这一枝杏花面露难色，谁拿回家少不了要被骂，传来传去又回到折杏花的孩子手里，大家信誓旦旦地向他保证，可以回家说是其他人折的，这样，可以免去责骂。而其他的孩子回家也会说谁谁折了一枝杏花，每个人都说是其他人，家长知道孩子们只折了一枝，也就不再追问，大家逃过了一劫。

杏花落了，小小的青杏爬满了枝头，密密麻麻，果子太密会影响成果后的大小，所以，大人们得空还会打掉一些青杏，这样留下来的就会长得很大个，好吃。

杏树可以活到百年以上，老杏树的姿态苍劲有力，冠大如盖。

杏树结果很多，杏子还可以做水果罐头，可以做杏脯，新鲜的杏子吃完了杏核留着，晾在窗台上，砸开硬核后露出杏仁，棕褐色的杏仁皮剥去后是白白的杏仁肉，微苦，清热解毒，可入药。

我喜欢杏花，亦喜欢吃杏子。

文人们更喜杏花多一点，陆游在《临安春雨初霁》中写"小楼一夜听春雨，深巷明朝卖杏花"。杜牧也写"借问酒家何处有？牧童遥指杏花村"。

荷花开在曲院风荷

七月的杭州，最是能找到看荷的好去处。西湖边自然也是有的，不过游人总是很多。那段时间刚好在杭州工作，有一日的清晨，起得甚早，天气也不错，觉得应该去看看荷花。

坐公交车到"曲院风荷"下来。这里位于岳飞庙的前面，据说在南宋时期，有一座官家的酿酒坊，只取金沙涧的溪水酿造曲酒，酒香迷人，盛誉方圆百里。七月的荷花开得正盛，清晨风起，还未走进荷塘便闻得满鼻飘香，那荷香里似乎还带着南宋的酒香，沁人心脾。

从公园的门口进入，左边立着青石，"曲院风荷"几个字带着点绿漆，看着像是荷叶的茎。

"曲院风荷"占地颇大，足有14公顷。分"曲院""风荷"滨湖密林等景区，它的东边是岳湖，南边又和郭庄相邻，有着"接天莲叶无穷碧，映日荷花别样红"的赏荷名园之称。

我是专门来看荷花的。直奔"曲院"片区，这里是最精彩的赏荷区域，清晨的湖面宁静无波，有白莲、红莲、重台莲、并蒂莲等名种莲花。眼前的荷花开得参差不齐，荷花的颜色也深浅不一，花瓣更是薄厚不同。想起朱自清的那篇《荷塘月色》来。"曲曲折折的荷塘上面，弥望的是田田的叶子，叶子出水很高，像亭亭的舞女的裙，层层的叶子中间，零星地点缀着些白花，有袅娜地开着的，也有羞涩地打着朵的；正如一粒粒的明珠，又如碧天里的星星"，朱先生看的是夜晚清华园内的荷塘，时光过了80多年，荷花却好似一晚而已。今晨在"曲院风荷"开得依然赏心悦目，菡萏妖娆，荷叶田田。

我从造型各异的桥上边走边看着这夏日微风下的荷花，仿佛又闻到了来自南宋的那一缕酒香，"麦曲"院的曲酒刚刚流出的头曲，浓浓的酒香和着盛开的荷花，一并引人入醉，怪不得诗人写下："避暑人归自冷泉，步头云锦晚凉天。爱渠香阵随人远，行过高桥旋买船。"那时的曲院不过一碑一亭半亩地，囿于西湖一隅，后人深恋荷塘之美，不断扩建，如今逶迤数里，使"曲院风荷"成为环西湖地区最大的赏荷公园。门口青石上的那几个字还是康熙帝御笔亲题。

"曲院风荷"的湖面有九孔桥，一里多的土堤景色唯美，又称为"苏堤春晓"。

行走在夏日的桥上，有绿荫遮阳，绿得发亮的青苔氤氲着清晨的水汽，小路曲径通幽，清风徐来，那开成片的荷花在清风中微动，湖面荡漾，水波潋滟。湖面泛起的涟漪一圈一圈蔓延开来，开在湖面的并蒂莲跃跃欲试地朝前走着，像是要和开在高处的粉莲搭话。细细的荷茎伸开了懒腰，抖动着硕大的头部，毛茸茸的荷叶上滚动着大大小小的露珠，有不小心掉到湖里去的，那飞身跃下的瞬间也像极了有着高技巧的跳水运动员，汇入湖水，倏地一下，便隐身不见了。

莲花开得千姿百态，有太多的人赞赏她的美，《爱莲说》里有"莲之出淤泥而不染，濯清涟而不妖，中通外直，不蔓不枝，香远益清，亭亭净植，可远观而不可亵玩焉"。我爱这莲花，它出身淤泥却不染尘秽，它品格圣洁高雅。做人应如她这般，能在繁杂纷乱的生活里，遵循君子之风，孑然自律地活着。

我看完最大的一片荷花，已然是日头高照了。观荷的人也多了起来，我回望湖面，波光粼粼，荷花静待如初。

桂花

桂花是秋风吹开的。

认识桂花先是在杭州。秋日里的阳光很暖，上班的地点在虎跑路一带，下了公交车走在林荫层叠的路上，一股花香拂过鼻尖，霎时间沁满心脾，花香四溢。放眼望去，并不见什么开在一起的花，闻着一路花香到了公司，给同事们说起，他们笑我不了解杭州，有同事笑完冲着我说，那是桂花呀！杭州的市花。

桂花在秋天开放，亦称秋桂。

桂花香气清雅高洁，香飘四溢。秋天的杭州可以赏桂的地方很多，最为著名的是满觉陇，满觉陇一带的路旁和水涧边种植桂花足有千余株，多见百年的桂树。秋天桂花开的时节，秋风微微一吹，桂花便悄无声息地撒落一地，人称"满陇桂雨"，恰到好处。

桂花的香气浓郁，优雅宜人。杭州多处植有桂花树，即使不去满觉陇，整个杭州亦处处弥漫着桂花香，令人感觉舒畅身心欢愉。

桂花可闻可赏，亦可入食。多有糕点甜食的江南人，把桂花晒干后撒在糯米莲藕上，称为"桂花莲藕"，用开水冲一杯浸了蜂蜜的桂花，便是桂花茶。还有桂花栗子羹、桂花酒酿圆子、桂花赤豆粥，总之，桂花入了甜食，越发地香越发地甜了。

白居易曾为杭州、苏州刺史，他将杭州天竺寺的桂花树带到苏州种植。我愿意相信苏州的桂花是白居易移栽过来的，这样，苏州的桂花香貌似多了几许文气，再闻便有些不相同的韵味在里面了。

桂花适于多地种植，我在云南时，住在西双版纳朋友的家里。说是家，其实是她在郊外的养殖场。晚饭后和朋友散步，总是闻到一股花香，时值初冬，不敢想是桂花，走得近了，几棵幼株间隔有序排列整齐在墙边儿，问朋友才知道，正是桂花。桂花有"四季桂"，可四季开花，花香虽不及金桂浓郁，在秋后还能闻得到，也算是他乡遇故知了。就着月光，我在树下站了好久。

"暗淡轻黄体性柔，情疏迹远只香留。何须浅碧深红色，自是花中第一流"，千古第一女词人李清照对桂花赞赏有加，特地写下这一首《鹧鸪天·桂花》。

久居江南，除了喜欢上甜食之外，亦喜欢上了桂花。每年夏毕，就等雨后秋风了，秋风一吹，桂花便该开了。

铃兰

去课植园听《牡丹亭》，戏开场的时间晚，我下午到了以后在园子里闲逛，清晨刚刚下过雨，鹅卵石发出油亮的光，小心地走着，看见路边矮篱笆的小块田地里种着一围铃兰。

铃兰开出了白色的花，下垂的花朵上面还有雨滴，蹲下去看，像是一围惆怅囿于高墙的角，惹人怜惜。

铃兰很美，但全身微毒，虽能入药，但必须得在医嘱的要求下操作，铃兰能治的病也是伤感的，比如说，心房纤颤。铃兰是多年生草本植物，花为白色，生浆果，熟后变红，类似小小的山楂。

我曾有一位同学，从不上体育课，说是心脏不好，整天佝偻着腰走路，皮肤白得看不到什么血色，脸上也没有什么生气，我们都不敢靠近他，怕打闹之间他忽然倒地。有一天上学来他显得很兴奋，我远远地问他，是不是遇到了什么新鲜事，他说不是，是他的病有救了，医生说换个心脏就可以了，我听了也为他高兴，问他是不是要因此退学去医院做手术了，他说不，心脏不是随时都能换的，要等。即便是等我也在他的脸上看到了生的希望，他满脸微汗坐在他的座位上，从书包里把课本拿出来的那一刹那，使劲在课桌上一甩，仿佛新生归来了一样。课间的时候，他又和我说，万一等不到合适的心脏，他说妈妈愿意换给他，可是他又不想要妈妈的心脏，他愿意等，等到再大一些，换了心脏就可以去工作挣钱了。

我觉得那位同学好有理想的样子，只是后来便不怎么记得他了，也不知道他有没有换心脏，我希望他是等到了，还仿佛看到他外出工作的背影，健硕而挺拔。

我蹲在铃兰的旁边，想要站起来的时候，头有点发晕。夕阳开始西移，铃兰花朵上面的雨滴也没有了，有风吹来，一串排列整齐的白色铃兰花微微颤动，仿佛小心翼翼地保护着自己的花株，万一有人需要入药，吹散就不好了。

铃兰也有开粉红花的，我好像没有看见过，这园子里的一围也都是白色。

戏开场了，露天实景，先是杜丽娘被丫鬟扶着轻步走到了后花园，不过看了两眼芍药，便觉得累了，靠在石栏上伤起春来，等丫鬟来找她回房去，杜丽娘刚从梦中回过神来，和丫鬟唠叨着青春虚度，年华不值。我心里想，刚才她看见的莫不是铃兰？不然怎么入梦就心悸了起来，那个柳梦梅也真是，不应该折柳的，送一株铃兰给小姐倒是应该。

看完戏，园子里已经全黑了，星稀灯少，散场的人们踱着小步慢慢地走出，路过进门的那一围铃兰，在月光下影影绰绰，白色的花株貌似站了起来，像是竭尽全力地不融入黑暗中去，我有点被它的姿态感动到了。

铃兰也有"谷中百合"之称，孔子称扬它为"芝兰生于深谷，不以无人而不芳；君子修道之德，不为困穷而改节"。我又想起我那位同学的妈妈来，她就是儿子的一株人间铃兰，为了儿子愿意付出爱与希望，铃兰的花语是"幸福归来"。

凤凰单丛

世界三大饮料：咖啡、可可、茶。

世界上的茶多产于中国。有嗜茶者陆羽，著《茶经》被后人称为"茶圣"。

茶，起初为野生小乔木。祖先饮茶的习惯由何时起已无从考证，后人除了延续茶饮之外，还藏茶、炒茶。前几年的普洱茶饼曾在茶博会拍出史无前例的高价，近几年又大热点茶之术。

茶是一种短褂和长衫都可以消遣的物品。当然，茶馆里的大碗茶只在一楼售卖，那些精装的茶，需要用宜兴的紫砂壶来泡，若是狮峰龙井，最好还要虎跑的泉水。

茶馆里可饮茶可小酌，北方的茶馆还请有固定的说书人，南方则是苏州评弹或名家昆曲。

茶馆是一个时代的缩影，茶客们在这里听尽历史交错，饮尽人生悲欢。现代著名文学家老舍1956年创作话剧《茶馆》，一出戏里展示了戊戌变法、军阀混战和新中国成立前夕将近半个世纪的社会变革。

"书画琴棋诗酒花"是士大夫用以修身养性的形而上的精神追求。开门七件事，柴米油盐酱醋茶。茶则被列为百姓生活中必不可少的用品。

百姓饮茶南北亦有不同，北京和冀中一带喜饮茉莉花茶，碎茶叶掺着小朵的茉莉花一把丢进茶缸里，是农忙时缓解疲累的上乘解药，落雨的午后，卷一袋旱烟，坐在屋檐下，看春雨落在刚睡醒的田里，润物细无声，这贵如油的春雨着实省了一季的茶叶钱。

江浙一带的茶农，采茶的时辰都惯有讲究。清明前摘的三叶一芽常作为贡品被送入朝野，曰其：明前茶。只不过晚了几日，再采，炒了，自己留下喝，随便起个名字就叫草青了。曾于春天去苏州的东山踏青，清明后的几日。几户临街住的茶农，敞着门，有年老者在门后的院里炒茶，那个香远远地便扑鼻而来，推门去问，茶叶自老者的手中散落在锅底，只一秒，倏地一下，又被老者捧起，如此反复千百次，直至炒至脆嫩的茶叶卷曲，香味溢满整个院落。老者抬头微笑："姑娘，是不是香死个人？"我和朋友也笑起来，确实，碧螺春的另一名字便是"香煞人"。

城里的餐馆，或专长烧苏帮菜或只做粤式的茶点，它们的相同之处，便是客人落座均有服务员来倒茶；它们的不同之处是，苏帮菜的馆子大多提供的是当地的绿茶，菜价儿高些的亦有加多几种，诸如福建的铁观音和云南的普洱茶。粤菜的馆子不一样，无论菜价如何，提供的茶叶品种都不约而同地多，除了以上几种外，还有水仙、正山小种、寿眉、杭白菊、茉莉花、六安瓜片、安吉白茶、凤凰单丛。有客人落座，服务员会问："您喜欢喝什么茶？"

"菊普"。新来的经常不明所以，有师傅过来解释，去帮客人泡壶普洱加上五朵杭白菊，哦！这是复茶混喝，新来的服务员听懂后转向茶叶间。南方的客人喝菊花茶也是有的，不过冰糖多少随客人意，服务员总是用银边的小碟放上几颗冰糖，同茶壶一起呈至堂前。

喝茶犹如思乡，餐厅里茶叶品种众多，常见一席五人，面前摆了四只茶壶。服务员为了加茶方便，会在茶壶盖上套一个写着茶名的纸片，这样加水不至于打扰客人。太太和婆婆喝的是菊花，女儿喝的是云雾，儿子叫了柠檬红茶，先生则是凤凰单丛。

席间上菜，听出先生果然是潮汕人。

凤凰单丛，产于潮州凤凰山。相传宋帝逃难路经凤凰山，口渴十分，随侍从身边茶树拣了茶尖采下，形似鹪嘴，煎茶与宋帝饮，帝甚觉止渴生津。我想，可能宋帝经过的是凤凰山南坡，这里茶树有 600 年，旁生桂花与茶树交错生长，故茶香花香兼具。因产量少且不为人知，所以茶叶间分斗的茶里，凤凰单丛要好久才用完。

回到江浙工作后，接触最多的还是龙井。尤其是每年的清明和谷雨前后，各地茶客闻着茶香纷至沓来，餐馆的生意出奇地好。绿茶适用玻璃杯冲泡，被请的主客总是姗姗来迟，先到的客人端着服务员泡好的龙井，三五成群出来亭子间或者迂回于厅堂漆红的廊下。那泡在杯里的茶叶上下翻滚，直至挺立在茶汤中，宛若新生。

偶有客人自己带了茶叶来，一个很小的四方盒子，内里还有锡纸，打开来倒进壶里一撮，被上冷盘的服务员看到，走上前问："需要帮您泡茶吗？"客人含笑把壶递过来，服务员瞥一眼茶叶盒，端然的楷书明示："凤凰单丛"。服务员又问："您这是凤凰山的单丛，半发酵茶，要用沸水，我帮您重新去烧水。"客人听了，眼前一亮，小姑娘认识此茶且知道凤凰山，瞬间心情愉悦了起来，席间不住地夸赞菜好，茶也好。

梧桐

梧桐树在春天开花。

梧桐树是先开花，花谢了以后，枝条上才吐出嫩绿的叶子。

梧桐，登高之枝，亦有"凤栖梧桐"之说，有些人家的院墙内偶尔会种有梧桐树，我所见的梧桐树，是在校园里。贴着操场的两边，有很多梧桐树。先是因了它的花，粉紫色，呈喇叭状，体育课的时候，几个女同学跑到梧桐树下，看着落了一地的梧桐花，有点落英缤纷的感觉，梧桐花蕊有一种甜香的味道一丝一丝飘进呼吸里来。几个人立即蹲下来，捡了一捧在手里，说是拿回宿舍穿起来挂在床头。

那一手的浅紫色梧桐花显得很是浪漫，尤其是捧在几个青春少女的手里。她们看一下花不知旁人说了什么又抬头捂着嘴笑，一路走，花一路掉，还没到下课的时间，花便只剩几朵了，索性放在教室外的窗沿上，细心地摆着角度，希望它能多待一会儿，刚回到座位上，扭头看那几朵梧桐花，早已不见了，轻声叹了一口气，打开书，开始自习。

柳永的《凤栖梧》中有："拟把疏狂图一醉，对酒当歌，强乐还无味。衣带渐宽终不悔，为伊消得人憔悴。"这首调子，唱出来，很是出名。

亦有人说"种下梧桐树，为得凤凰来"。梧桐，有祥瑞之意。

我喜这梧桐，除了它早开的花，还因它那挺拔的树干，枝叶茂盛盖如巨伞，夏天的时候那巴掌大的叶子层层叠叠，把炎热的阳光挡在了树顶之上，在梧桐树下复习两篇古文是极好的事。

梧桐生长迅速，寿命亦长。靠在梧桐的身上，想着它还要活一百年，便觉得是靠在一位古稀的老人怀里。树叶在午后的轻风下沙沙作响，文章还没有背诵，人却先困起来了，合上书，躺在要好同学的腿上，听她轻声读着古文，和着杜甫或者诸葛亮入梦，想着醒来或许就轻易背过了呢！梧桐木轻软，适造木匣和古琴，是良材良木。有时候坐在梧桐树下，又想，伯牙的琴或嵇康的琴也许就是她的先辈做成的吧，这样想，在梧桐树下做的更会是美梦了。

毕业后离开了校园，离开了家乡。

客居在苏州古城区的街道上，也有一条种满了梧桐树的马路。只是春天开车经过时，看见那落了一地的淡紫色桐花被碾出黑色的汁水来，心里一阵难过，车开得很快，只一下便不见了。

我春天时有意不再走那条路，总觉得那碾过的桐花像是被生活碾过的青春一样，支离破碎。那是我在最美时光里遇见的桐花呀！我只愿意它停留在我最美的年华里，用它盛放的姿态。

我想念校园的梧桐，亦想念家乡的种种。

我在秋天时会特意去那条路上看它，马路两排整齐的梧桐树，那白色光滑的树皮，挺拔笔直的树干，那浓密的宽大厚实的树叶，像极了校园的梧桐，像极了家乡。我也像这些梧桐一样，长得飞快，在充满深情而又温暖明亮的世界里。

大槐树

山西洪洞大槐树，那是爷爷的家乡。

明朝洪武、永乐年间，洪洞曾发生过十八次大规模的移民，当权的贵族和地主对农民大肆剥削压迫导致矛盾日益激化，加上水旱和蝗疫，农民生活苦不堪言，多地揭竿而起。在《明太祖实录》中有记"道路皆榛塞，人烟断绝"，兵荒马乱中移民高潮断断续续竟有五十多年。奶奶曾经告诉我，爷爷的爷爷，便是从山西洪洞县大槐树下面出发，带着族人一路避难逃荒至冀中平原，实在走不动了，同人群一起寻荒地落脚，和大多数逃难的人一样，开始开荒种田，带着族人生活。

奶奶说，一族的人活不足半，重修族谱在冀中生根。族里的长辈们对儿孙充满希冀，希望将来有一天还能回到家乡，回到那棵大槐树下面。奶奶讲给我听的时候，族谱已经失传，只是同村里住的人家，有半个村子是亲戚，且皆是近亲未出三服。

村子里几乎每一家的院子里都种着几棵槐树，村外的地里也大多种有槐树。我上中学的时候在乡里的镇上，学校名称"槐树镇中学"，不知道是冀中地区的人们原本就很喜欢槐树，又或是这里的人大都是由洪洞县那棵大槐树下迁移而来。总之，槐树于我，是亲情，是思乡，是整个童年乃至整个少年时代的陪伴和记忆。

槐树高大，槐花开白色，可入药，可进食。在靠天吃饭的年代，地歉收，槐花揉进玉米面里，蒸着吃，几棵树可以供一大家子人饱腹很多时日。槐花除了吃，还可以酿蜜，每当槐花要开的时候，远方赶蜂的人便会悄然而至，在村外找一处槐树密集的地方，扎好帐篷，几十个蜂箱排列有序。不过几日，槐花便开了，那蜂从蜂箱里列队而出，千万只，扑向大槐树，扑向一串串雪白的槐花，它们吸吮着甜蜜的槐花，从这一朵飞到那一朵，仿佛在比较着哪一朵更甜一些。

养蜂的人拿一个简易的马扎，再装一袋旱烟，坐在搭好的帐篷外，眯着眼睛看着他的蜜蜂飞来飞去，他吐了一口烟圈儿，微笑了起来，红褐色的脸上堆起无数条褶皱，那眉头好似春天灌满了水的梯田，在阳光的照射下，闪闪发亮。他顾不上擦汗，也无心擦汗。只是满意地看着他的千军万马，那千万只采蜜的蜂像拼了命也要打胜仗的战士，不知疲累地在槐树林里穿梭着，大槐树就那样静止不动，任它采任它闻。

等到槐花快谢了，槐花蜜也采得差不多了，养蜂的人写一个牌子，立在蜂箱上。奶奶裹小脚，一只手牵着我，一只手拿着一只空的玻璃瓶，去养蜂人那里买一瓶槐花蜜，这一瓶槐花蜜可以吃到冬天，喝水的时候，奶奶用筷子伸进去蘸一下，拿出来放到我的杯子里搅，我看到筷子和着槐花蜜在杯子里搅出一阵水漩来，等水变温了，水漩儿也停了。奶奶把筷子拿出来，放到嘴巴里舔一下，把水杯递给我，我端着水杯咕嘟咕嘟一口气喝完，那槐花蜜的甜顺着嗓子眼儿一直甜到了肚皮里。

槐花蜜快要喝完，春天也便来了，我经常问奶奶，今年养蜂的人还会来吗？奶奶看着院子里的大槐树，对我说："会来的，因为蜜蜂闻到槐花的香就会带着养蜂人一起来的。"

奶奶看着大槐树发一会儿呆，我便知道，这是奶奶想爷爷了。院子里的槐树都是爷爷种下的，爷爷想着有朝一日会回到家乡，回到爷爷的爷爷带着他出发的那棵大槐树下面。

　　槐树枝叶茂密，绿荫层叠，在院子里种的槐树下乘凉，是夏日里最好的去处。每每这时，我便让奶奶讲爷爷家乡的那棵大槐树，奶奶一边讲着眼光一边飘向远方，我在奶奶的怀中睡去，睡梦中我和爷爷一起回到了家乡，回到了爷爷小时候出发的那棵大槐树下面，那棵槐树还是那样茂盛，那样安详。

蓖麻

从小到大，我一直记得一种植物，它叫蓖麻。

蓖麻是野生的。在村外河滩的滩头。它就长在那里，没有人喜欢它。大人们说它有毒，剧烈。我对"毒"的概念多来自敌敌畏或者氯化氢氨，家里的农药基本都是放在茅房小窗户的窗沿上，结了蛛网。晚饭的时候偶尔会听到谁家的老婆因了几句闲话，气不过，回家喝了敌敌畏。邻居帮忙送往医院来不及洗胃，人就已经不行了，口吐白沫，撒手人寰。

我对大人们说的有"毒"的东西，常怀敬畏和恐惧之心。家里的农药我尚且不肯多看一眼，所以每遇见蓖麻这种植物也都是绕着走，恐怕它沾染了我。

蓖麻多生在沙滩的凹陷处，一大丛一大丛的，成群结队，非常茂盛。有时候，我带着弟弟出去玩儿，在沙滩上拔一种叫"锥锥"的绿色植物吃，"锥锥"是一种坚草的根上部分，有细长坚硬的绿色叶子，中间部分抽穗。发现了抽穗的锥锥，看着嫩的就可以轻而易举地拔下来，我抱着睡熟的弟弟可以在滩头拔上一大把，咬在嘴巴里是甜甜的味道，它根下部分叫"蜜蜜根儿"也是甜的，不过有一种鱼腥味且根部易断我们通常并不深寻它。

"锥锥"拔着拔着，我们竟然移到了一大丛蓖麻的旁边，先是不觉得，直到结了果的蓖麻子扎到了我们的头才发现，把头发从蓖麻子上绕下来，赶紧走远一些再去寻找"锥锥"了。

蓖麻子的外壳成熟前呈绿色，外观长满了小刺，等秋天熟了，壳变成土黄色，风一吹，裂开来，露出里面斑驳光滑的蓖麻仁。奶奶说，蓖麻可以榨油，不能食用，可以点灯。用蓖麻油来擦头还可以让头发长得乌黑亮丽。偶尔捡几个捏在手里，快到村里时，赶紧丢在不知名的田头，想起大人们说它有毒，又害怕起来。

村里有猜不准年龄的人，留短发，面部色深，皮肤上坑坑洼洼，大人们便在背后称她为"麻子脸"，我有时候在街上遇到，总是故意别过头去，不看她的脸，不知为何心中浮现出蓖麻仁的斑驳来。

蓖麻在沙滩的滩头疯长着，不见村里的人有谁去砍掉它，任它自生自灭。冬天它被白雪盖住根，那土黄色的叶子和秆凸出来，迎着风，哗哗作响。来年春天再见它时，它又自顾自地长出了新的叶子，蒲扇一样草绿色的叶，形状还是不规则的花瓣形，在春风里摇曳。这时候我们喜欢的"锥锥"还没有开始抽穗，来往田间的农人并不在意蓖麻又活了过来，来回在它的身边经过，好似并没有见过它一样。我远远地看着一大丛又一大丛的蓖麻，竟为它不值了起来，觉得它无法左右自己的命运，生来就是一棵蓖麻，它也许不曾知道自己有毒，只是在四季的轮回里，用力地生长，那么孤独，那样决绝。

年纪大了些，我外出读书很少回到村庄的家里。母亲说，河滩的沙地被人们开荒种田，以前那些生长柳条的灌木和长着蓖麻的滩头早已变了模样。我又想起那一大丛一大丛自顾自生长的蓖麻来。它的无用终于被黄土埋没在地下，连同它有毒的蓖麻子。它再也不用用力地生长了。我为它的消失感到一丝解脱，它再也不用独孤地生长了，人们可能也早就把它忘记了。

母亲在城里盘了一家便利店，紧邻医院。医院是产妇的集中地，常有母亲陪着孕妇来店里买东西。有的母亲傍晚时候来问有没有蓖麻油，我见母亲从货架的高处取下来一小瓶东西，倒进买者带着的小碗里，母亲用一小只带着刻度的塑料量杯，只倒一点点。买者不满意，问母亲再要，母亲笑着回答说："这催产的蓖麻油是有量度的，多了有害无益。"买者端着小碗不太相信的样子付了钱离开。我问母亲，是不是真的多了无益？母亲说是的，医生会嘱咐家属，用多少医生知道的，多了对产妇不好。我再问这蓖麻油是不是以前村外沙滩里野生的蓖麻，母亲说是的。

我突然又为那一大丛一大丛的蓖麻高兴了起来，终究，它还是有用的。眼前不禁浮现出春天里那新生的蓖麻来，无人问津但是它奋力生长的样子，现在竟觉得它是那样美。

半墙牵牛花开

牵牛花在家乡被称为喇叭花。

多是长在人家的门外,倚着墙;也会长在田间地头,和护田的树在一起,倚着树。

大人们都不太注意牵牛花。

田里除了种庄稼,也会种些果树,比如,桃树,梨树,苹果树。果子主要是拿去集市卖,用来补贴家用。

桃子熟的时候是夏天,放了暑假的时候。奶奶带着我,在地头上找一块阴凉的地方,铺上一张旧床单,我写作业,奶奶在旁边摇着扇子。

我总是没有定性,在一个地方待不住,没写一会儿便跑去摘花。田间地头很多野花,红的,黄的,红黄相间的。这些我又是不屑于去摘的,总要跑到成排的杨树和槐树下,去找牵牛花。

牵牛花有蓝色、红色和紫色的,夹杂着开。我小心翼翼地摘下几朵来,插在头上一朵,又别在耳后一朵。戴着花向奶奶跑过去的时候,花掉了,回去再摘,如此往复,直到微汗渐出。

家里也有牵牛花,在院外柴垛旁,也不是特意种的,每年它都会自己长出来，顺着院子的老墙根儿，爬上一堆干柴，也开花，是紫色的。

在地头玩儿得累了，奶奶会叫我过来坐下，自己用大蒲扇冲着我扇扇子，拿了水让我喝。我把手里的牵牛花给奶奶看，她只是笑。

奶奶年纪大了，有白发，但是头发梳得很整齐。

我挑一朵牵牛花放在奶奶的发间，奶奶笑着问我："好看不？"我大声地回答："好看！"奶奶满脸堆满了笑，她光滑的额头被树上漏下的阳光照得闪闪发亮，发间的牵牛花微微摇曳，一刹那，我觉得戴着牵牛花的奶奶，是世界上最美的人。

我的家乡在华北平原腹地，黄土地很是适合牵牛花的生长。

牵牛花是一种勤劳的花，每天凌晨四点左右开花，所以北方早起的人们，在家门口、街上、田间小路，都随处可见牵牛花，这种极为普通的花，伴着人们在盛夏的每一个清晨。

天气热的时候，家里吃晚饭会在院子里。傍晚，有风，一天的热气也刚好消退，母亲把饭做好，我帮忙端出来，父亲心情不错，还会让我给他把上次没有喝完的半瓶酒找到，晚上再喝几杯。

一家人吃饭，微风吹来，我看见院子里的牵牛花也随风飞舞，墨绿的叶子在柴堆上左右晃动，原本开在茎上的花已经收起来了。如同早上的小喇叭暂且要闲置一下，那薄薄的花边也耷拉着，任凭风吹它也提不起精神，像休息了一般。我总在想它是不是在等待明早的朝露把它们叫醒。

母亲看我站着好久，问我是不是在摘牵牛花。我说它睡着了，等明天醒了我再摘。

在饭桌上，父亲和母亲商量，秋后要把院墙翻新。我放下饭碗，走到那半墙牵牛花前面，问母亲是不是它们也要被迁走，母亲说是，我心里竟莫名地难过起来。

秋后，牵牛花谢了，叶子也开始发黄，我小心翼翼地收集了花籽，放在一个密封的罐子里。有一天回家，旧的院墙已经推倒，牵牛花被连根拔起，混迹在黄土块和各种废料中间，我远远地看着，不忍走向前去，脑中浮现晨起上学时看见它的情景，带着露珠的牵牛花，每一朵都朝我微笑，如今，它们都不在了。

我跑到屋里，找出我收集的花籽，把它们放在怀中，抱了一会儿，算是和今年的它们告别，也是期待和它们明年的再见。

新的院墙修好了，父亲找人在进门处的影壁上画了一幅山水图，那绿山和青水旁边，是参天的大树，很好看。但是，我依然想念那半墙牵牛花的样子。

次年的春天，我问过母亲后，把牵牛花的花籽撒在了院墙的外面。一周过去没有注意，有一天放学后母亲让我清扫院子，待我把垃圾丢到门外的时候，发现墙边生出了几棵幼苗，是牵牛花回来了。

牵牛花不用刻意浇水，也不用特意施肥，它仿佛有一种无穷的生命力，一颗小小的黑籽，落在土里便拼命扎根，向着阳光生长，知道自己瘦弱便借力而上，树木和杂草，凡是比它高的，都是它的助力。在它的身上，我看到了生命的勇气和力量。

毕业后我在南方工作，甚少回家。

有一日开车在一条小路上，眼角仿佛晃过牵牛花的影子，也是紫色的，心里一动，便把车停在了路边，下车去找，真的是牵牛花，在一户人家的院外，开了半墙。

拿出手机，左右拍照，心里说不出地开心，如同在异乡遇见了故交般快乐。

主人家一定很爱牵牛花，因为这半墙花不是野生的，而是单种，那隆起的沟背刚刚浇过水，主人还为每一株牵牛花支了花架，让它向上攀爬的时候省些力气。那每一朵花都开得好看，我拍完照片在手机上回看，心里感动不已。

牵牛花没有变，我也没有变。无论是在北方还是在南方，我们都在努力地成长，向着自己心中的方向。

第二辑　烟火菜市

菜市

每一所城市都有自己的味道，能迅速捕捉这味道的地方，是菜市。

在村子里生活的时候，每家都有自己的自留地。自留地通常面积很小，不足一亩，差不多三四分的样子，一年四季的菜从这里出。黄瓜、豆角、茄子、西红柿，隆起的畦背上种着大葱和萝卜。村子里没有专门的集市，小卖部兼售猪肉和一些洋葱、土豆什么的。其他的菜和调味品要到邻村逢二七或三八的集市上去买。

村庄的味道在村外各家各户的菜地里和每天傍晚房顶上冒出来的炊烟里。

城市里高楼大厦，不生地火。那煤气灶上的烟火气也被新款抽油烟机吸走了。要想了解这座城市的味道，一定是在它的菜市场，这里藏着千家万户对食物的喜好和偏爱。

菜市又分很多种，比如北京的三源里菜市场，昆明的篆塘篆菜市场和厦门的八市市场。它们之前不过是普通的菜市场，随着城市生活方式的改变和信息传递的增速，最近它们都火了起来，或因买菜的人，或因菜的品种更多，或者代表了城市里童年的味道。我最近去了苏州刚刚改造完的"双塔集市"，外观简约、现代，临街配钥匙的店都营造出了一种浓郁的文艺风，细长的塑料瓶装着新出的酒酿，铺前排了极长的队伍。我走进集市，苏式的蒸点、久熬的糖粥，热气环绕的小笼包和刚出锅的生煎，赫然一个小型美食广场。坐下来吃的大多是年轻人，再往里走过去，是蔬菜和鲜肉区，和摊主聊天知道这个市场已经有60年的历史了，地处姑苏老城区，周围也都是原住民，通常来买菜的会是老人和典型的城市土著，他们对菜品的要求和时令的敏感很强，也知道什么样的菜色用以什么样的烹饪方法是恰好的。如今集市改造，蔬菜都是干净整齐地码放在木质的盒子里，颜色搭配，煞是好看，只是逛的人比买的人多，不过三天，集市的照片便铺满了城市里人们的朋友圈。

我常去的菜市，是"新民桥农贸市场"，在苏州2号地铁线的山塘街站，紧邻山塘古街。在这里买了几年菜，已经忘了当初是怎么注意到这个菜市的了。它离我的寓所并不近，开车需要30分钟，且城区的路很容易堵车，即便如此，我只要在苏州住，哪怕外地工作回来休假超过两天，也会到新民桥菜市去买些水果回来吃。

我喜欢新民桥菜市的人声鼎沸，也喜欢这里卖菜的人都慈眉善目，那些苏州阿姨会告诉我荸荠的三种吃法和春笋的挑选技巧，她们也有自家种的鸡头米，一边剥一边卖，即便你只问了一句，她也会笑脸相迎，站起身来把盆里刚剥好的鸡头米端给你看，说今年是丰年，价格便宜，女孩子多吃这个好。你转身走了，她也不恼，转身坐回去戴上铁指甲继续认真地剥着鸡头米。我喜欢吃番茄，因为父母种过几亩地的番茄，我从小对番茄的品种、颜色和味道有极强的辨别力。知道哪些是大棚里催熟的，哪些是自然阳光下长成的，又懂得什么样的番茄适合炒鸡蛋，什么样的番茄适合做蛋花汤，这个很重要，因为它决定菜的品质和口味，也决定了你这一餐吃得愉快与否。我的冰箱里一年四季都少不了番茄，遇到好的品种，粉红的沙瓤，可以生吃，在异乡便可复原童年的乐趣。

市场内有一家摊主专门卖番茄，质量上乘，价格适中。每次都能挑选出我定义的好番茄，买的次数多了就渐渐地熟识起来。再去摊主便主动给我说今天的番茄是山东货还是本地货，又说最近天气原因番茄要涨价了，问我是不是多选几个。我要是外出工作，几个月回来一次，她见了又问，怎么最近没来买菜，是身体不舒服还是遇到什么事情了。同她言谈之间，我生出一种错觉，觉得站在我面前的不是摊主，是我远方的表姐，她勤劳、善良，尽管只是大我几岁，却对我有着长辈一样的牵挂和关爱。

菜市是一座城市的烟火，买卖挑选之间，尽显食材风华。菜市里的四季是最先变换更替的，因为春风刚起，荠菜便已经摆上了摊头；吃到了湖蟹肉甜，才知秋风未尽。这里，夏天的瓜果还带朝阳下的晨露，冬日的咸肉便迎来了城里的初雪。菜市里藏着城市的魂，到了菜市看见那些蔬菜和调料，霎时间便会味蕾生津，晚饭有了着落，身心也得到了安放。

茴香

茴香此物，知道的，我猜也是模糊地知道。

茴香菜又名小怀香，叶子和茎在一起的部分是翠绿色的茴香菜。小茴香是茴香菜的果实，可做调料。

茴香的这个"茴"字，来源于它独特的香味可以去除肉之荤气，并能使之添香。

南方人偶尔会在烧鱼的时候把茴香丢进去一两根，提味出鲜。我的家乡烧鱼则不用茴香，葱姜蒜做底，末了再撒些香葱花儿，算是家常菜里装盘很精细的了。茴香，家乡人大有用处。比如茴香馅的饺子，茴香猪肉或者茴香鸡蛋。再者，这两种馅蒸包子也是好吃的，有会做的老人，茴香锅贴更是香得冒油。

小时候并不喜欢吃肉，亦不喜欢吃茴香。觉得它们都有一种怪味儿，难以下咽。

一家人每天三顿饭在一起，忌讳的时候少。所以，不知道从什么时候起，我也开始吃茴香了，先是只吃茴香鸡蛋馅，算素的。后来茴香猪肉吃着才是真的香，茴香和着猪肉包在一起，连起底的葱姜蒜都不要放，茴香自己便把肉香提出来了，而且还能降低肥肉的油腻感，一口咬下去，只觉得香，年龄小的，会把一口饺子汁滴在了饭桌上，长辈一个劲儿地可惜着，这可是一只饺子的精华，魂魄所在。

自从喜欢上茴香猪肉馅的饺子，母亲便很少包了。不是因了农忙便是被其他事情绊住了。包饺子全是手工活儿，和面、揿剂、擀皮儿，包，就是一道工序，面和得软了饺子不好吃，和得硬了又不容易煮熟。和馅又是另一道工序，茴香不像韭菜割了一茬又一茬，自家院子里种上一垄够吃半年饺子，茴香不是，茴香就一茬，割完没有了。一般人家也不种，就得到集市上买去。赶集又是个花钱的事儿，所以母亲总说不得空，村里小卖部的茴香，蔫头耷脑，一点水汽都没有，别说母亲，我都看不上。所以能吃上茴香馅儿饺子，就要看母亲顺路去磨面粉或者买什么花布之类的，才有机会在集上捎回来一斤多茴香，茴香用半张草纸裹着夹在母亲自行车的后座上，母亲自行车的车把上挂着一小块长条的猪肉，肥瘦相间，这一天，便是家里极具节日气氛的一天，要吃饺子了，还是茴香猪肉馅儿的。

等我转学他城读书时，几乎让母亲拿出了全部积蓄。我心中有愧，母亲看着我说，没事，我和你爹还年轻，可以再挣。住校的生活是每个月才回一次家。母亲总在我回家的那一天包饺子，吃什么馅的，母亲总会提前问我，我便恃宠而骄，这个月吃茴香猪肉的饺子，下个月吃茴香猪肉的包子，包子又要吃烫面的，个头不要太大，等着我到家才开始蒸，柴火灶膛里蒸出来的包子，煤气灶是比不了的。自带烟火气，好吃，香得厚道。

记得弟弟说："姐，每次你回来咱妈就包饺子，像是过年。"

母亲勤俭持家，三餐很少有大荤，除非是在农忙时父亲累了或者家里来客。每次母亲包饺子给我吃，我便觉得那一天也是母亲最开心的，姑娘终于长大，离家在外，求学、工作，不常吃家中饭食，所以喜欢吃什么，尽量都满足。母亲对我们的要求张弛有度，严慈有加，母亲没有读过很多书，她是典型的农村妇女，我和妹妹却一致认为是母亲自小对我们的影响和教育，让我们懂得了为人和为人子女都要感恩，要珍惜，要自律。

工作以后，离家乡很远，几乎再没有吃到过茴香馅的饺子。直到我有一次在苏州图书馆看书，途中出来买笔记本，在一家很小的超市里发现了茴香，是很少的一撮系在一起，看样子长得有些老了。管不了许多，心中难抑兴奋之情，挑了一把大的，再买上肉，回到家包了一顿茴香猪肉馅的饺子，一解思乡之情，当然更多的是解了腹中之思。

后来想吃茴香再去买时，超市的导购告诉我，茴香不是每天供应的，每周只有两次，还要看时节。我明白过来，这是在江南，江南人食茴香，是做烧鱼或者茴香豆的，我又想起母亲蒸的烫面包子来，茴香猪肉的。

豆腐

豆腐是一道常见的家常菜。豆腐的由来传说是汉朝的刘安发明的，也有说是关羽，不去管它，总之豆腐已经被我吃了很多年，而且吃过豆腐的很多做法。

儿时的记忆里，豆腐和肉一样，不是能经常吃到的。家里出现一块豆腐，一定是要过年了，和杀猪的时间差不多，村子里有的人家是专门做豆腐的，做豆腐的黄豆是家里自己种的，黄豆成熟之前父亲会割几棵黄豆回来，豆荚摘下来母亲用盐水和八角浸上，晚饭的时候煮了，是一家难得的加餐。秋后收了的黄豆，连同根茎一起晒在屋顶上，天晴的时候用一根棍子来打黄豆，晒干的豆荚张开了口，一敲打黄豆便会自己滚出来，黄豆的秸秆还可以作为柴火烧饭，母亲在把秸秆送进灶膛之前，总会左右端详一下看看是否有漏下没有打开的黄豆，用手拣出来才把秸秆扔进灶膛里去。

街上会有卖豆腐的人，推着单车，车的后面夹着一小板豆腐，他用一只木槌敲打着一只空心的木鱼，光滑的表面，类似于禅僧用的那个叫"梆"一样的东西。声音从街上传来，偶尔还有一两声叫卖声，新做的豆腐，还有余温，农忙时母亲才会拿出一碗黄豆，让我听着声音，说今天要是换豆腐的来了，就可以出去换一块。那时候豆腐除了用钱买，大多数人家会选择用黄豆来换，其实是为了省钱，我总觉得反而有以物易物的美感。卖豆腐的人也不是每天都来的，所以母亲答应了今天可以吃豆腐，但是卖豆腐的人又没有来，我便好生失望。因为明天母亲就会把那一碗黄豆倒回缸里去，等于我失去了吃豆腐的机会。

夜幕刚落，我听见街上有敲梆的声音，赶紧放下饭碗跑出去看，街头还没有人来，但是那声音却越来越近，卖豆腐的人推着单车终于出现在了街口，我又连忙跑回去和母亲说："卖豆腐的人来了，马上到咱家门口了，上次答应我的还没有吃到，今天可以拿一碗豆子去换吗？"母亲看着我放在餐桌上的半个馒头，终是不忍，去缸里舀了一碗黄豆，看了看觉得多了，又倒回去一些，我站在母亲身后着急，连忙抢了碗跑出去，害怕错过了卖豆腐的人。

到了门口那人已经过了我家几户距离了，我大声地喊着："哎！卖豆腐的，等一下，我要换豆腐！"那人听到了，推着车又折了回来，在我面前掀开了盖着豆腐的那层湿润的白色粗布，一小板豆腐装在四方的木板盒子里，他先是称了称我的豆子，也不说话，等他把豆子倒进单车大梁一侧的布袋里，开始拿出一柄小刀，对着那板豆腐比画，我扒着他的单车，怕他少给了我，他先是切了一小块，放到秤上称了称，那右手护着秤砣，都要掉下去了。这明明是不够呀，我急得红了脸，斜着眼睛看着卖豆腐的人，嘴里发出"哼"的声音，希望他注意到我的不满，我可是会认秤的小姑娘。这时候父亲的声音传来，多给点，多给点，孩子们喜欢吃豆腐。不知什么时候父亲也出来了。我踮着脚看那卖豆腐的人又切了一小块放进去一起称，这回秤砣是往秤盘这边倾斜了，说明秤是高的，分量够了。等那人帮我把豆腐放到碗里，我扭身便走了，听着父亲在后面向他致谢，还寒暄问他有没有吃晚饭。我把碗里的豆腐递给母亲，她往里面加点盐和香油，再撒上葱花或是香菜叶，豆腐的香味扑面而来，母亲把一块豆腐用筷子搅碎，她笑着看了我一眼，她知道，进厨房门口前我早已经咬过一口豆腐了，那四角的豆腐上有一角是缺的，母亲并不说明，好像默许了似的，把调好的豆腐放在餐桌上，我拿起那半块馒头，赶紧夹了一大块豆腐吃下去。母亲只是象征性地吃几口便说吃饱了，我吃完了馒头喝粥的时候还把碗里的豆腐渣一并倒进去，那豆腐的香、葱花的香、芝麻香油的香，足以让我晚上做个好梦。

再想吃豆腐便是过年了。

腊月二十以后，母亲便会按每年的习俗来打扫屋子、蒸年糕、蒸馒头、做豆腐、贴窗花和门神。

说是做豆腐，其实是拿自己家的黄豆，送去村子里会做豆腐的那一家，排队。我记得进入腊月那一家的院子里，不分昼夜地冒着热气，那是在驴不停蹄地帮村子里的人做豆腐。磨豆浆的磨盘是一头灰色的毛驴拉着的，为了让驴多干活，还会用一块蓝布把驴的眼睛蒙起来，这样驴便围着磨盘一直转圈拉下去。

轮到我们家了，父亲便算好时间去等着，等着卤水刚刚点下去的时候，豆浆还没有凝固，盛一大铁缸子的豆腐脑回来，有一年我和奶奶都睡下了，父亲端着一缸子冒着热气儿的豆腐脑回来让我吃。那豆腐脑里被母亲加了酱油、醋和香油。我坐在被窝里一口气可以吃完它。父亲一边笑一边看着我吃，还问，好吃不，我腾不出嘴来回答，只是不停地点头。父亲看着我吃完了，把铁缸子拿走，听见关院子里大门的声音，父亲是去等着豆腐了，豆腐做好了要拿回来晾着。

第二天早上，母亲会烧一块豆腐吃。自己家的豆子做的豆腐，自然味道不同。吃饭的时候，父亲和母亲还会商量着明年在哪块地里种黄豆，留多少黄豆的种子。我吃完饭去茅房，看见猪槽里有磨豆腐剩下的渣子，那是人不吃的，但是对于猪来说，也是一年当中最好的猪食了。

每年母亲都会把做好的一板豆腐分成几份。切几块白豆腐用盐腌起来，这是最近要吃的。还有几块切成厚度相等的片，放油锅里炸了，也用盐水腌起来，正月里可以凉拌可以炒白菜。还有几块切成四方的小块拿到院子里的树杈上冻着，过一晚就成了冻豆腐，这个可以放好长时间，煮大锅菜的时候放进去，是冻豆腐的味道。最后剩了一点边角，母亲找来一个玻璃的罐头瓶，放进去，加盐，放在屋子里煤火炉的旁边，过几天会发霉成臭豆腐。夹在馒头里，也甚是好吃。

等着把过年的豆腐吃完，也快夏天了。这时候我又开始期待晚饭时候街头那卖豆腐的人敲梆的声音，吃凉拌豆腐的季节来了。

等我长大，家里的生活条件好了，母亲也搬到城里居住，家里的田只是种些玉米和小麦。我回家的时候早晨要吃豆腐脑，母亲会拿着铁皮缸子出去帮我买一碗回来，她还说，那个临街卖豆腐脑的人是熟识，她去人家都会多给一些。

榴梿

榴梿，被称为"水果之王"，它的气味浓烈，爱之者赞其香，厌之者怨其臭。

榴梿，爱它的和恨它的，泾渭分明，如同一个性格鲜明的人。我有一个朋友，我称她为榴梿姑娘。说话犀利直接，和她聊天，能接受者，觉得句句是经典，接受不了的，就成了尬聊，更甚者，不喜，索性闭口不言。

我曾和一位朋友同住，我喜食榴梿，觉得此物甘甜无比，唇齿留香。她则不然，每次我买了榴梿回来，她没开门便闻得味道，在门里大声笑骂，叫我把榴梿拿出来吃完后再进去房间，而且要求我刷完两次牙才能开口和她讲话。一起住得久了，她慢慢不再讨厌榴梿，从试着吃一点到爱吃，最后还和我一起讨论，怎样用榴梿壳的内壳来煲鸡汤喝。

榴梿是带有魔力的，像一个极具魅力的人。

榴梿姑娘，说话睚眦必报，其实内心并不冷漠，反而是极具热情。有一次她偶然得知李娟生完孩子后婆媳关系不和，十分抑郁，情绪低沉，第二天便约了我一起去看望。李娟见她来，并没有想到，原本是半卧在床，费力地非要起身让客，我一把摁住她，笑着说："不要动，我们都不介意。"

我看李娟有些紧张，之前一起出来喝茶，李娟多是闭口不言的。回头看了看我们这位榴梿姑娘，不知道什么时候和李娟婆婆在厨房里一起忙开了，说说笑笑，逗得老太太哈着腰擦笑出的眼泪，我们走后李娟婆婆对她说："你这位朋友，没听你提过，倒是很会和老人聊天，一点也不嫌弃我啰唆，这样的朋友值得珍惜。"那以后榴梿姑娘几次约我，我恰好没空。她倒是去得勤，还给李娟婆婆送花，红玫瑰。李娟没出月子就和婆婆的关系回暖如春了，李娟和榴梿姑娘熟稔并知心了起来。

李娟还说，怪不得你说她是位极具魅力的人，连我婆婆都折服了。

月子里，李娟没少吃榴梿姑娘买给她的榴梿。

明朝郑和的船队曾抵达南亚，品尝到榴梿时，大为赞赏，得知此果实只能一年一熟，故而取名留恋，因为谐音，人们把它称作榴梿。榴梿两个字听起来便觉得具有谜之风情。还好郑和第一次吃就爱上了这个味道，不然，换个名字，或许韵味会差了些呢！

等过了些时日，李娟打电话说婆婆请我们去吃榴梿，打开榴梿的时候，李娟挑了一块大的给榴梿姑娘，对她说，谢谢你。榴梿姑娘接过榴梿说："上次教过你挑榴梿，今天看，像是出师了。"接着便开始给我们讲很多犀利的段子。

榴梿性热，可以活血散寒，《本草纲目》中记载，"榴梿可供药用，味甘温，无毒"。

我想起那位受我影响而爱上吃榴梿的朋友，看着眼前李娟和榴梿姑娘边笑边吃着榴梿，心里又蹦出那句话：榴梿是带有魔力的，如同一个极具魅力的人。

枇杷

苏州的东西两山，盛产枇杷。

"枇杷"得名于叶。叶子形状神似一把琵琶，如果恰好有昆虫落在上面，踩着叶子的茎脉，或能听出一曲飞花令来。

枇杷在深秋或初冬时开花，到春夏时节果子成熟，被称为"独具四时之气"的良果。

长居苏州的我，每年都要在小满过后去一趟东山，提前约了相熟的农家，陪着我们一行人上山摘枇杷去。成熟的枇杷颜色是橙黄色，果实上面有一层薄薄的绒毛，几颗结在一起，摘下来用手撕开外皮，一口下去，甘甜多汁的枇杷肉嵌入口中，味蕾得到极大的满足。枇杷维生素含量丰富，有润肺止咳的功效，所以即便在树上多吃几颗，农家亦不会说什么。只提醒着小心掉下来。

北方的水果多是些苹果、雪梨和桃子，家里也自种，大产之年，母亲也会教我们做冰糖罐头，家里做的罐头可以放到来年春天，在春节期间，是难得的甜品。

枇杷的叶子和药材一起熬了可以做川贝枇杷膏，是治咳嗽的良药。

新鲜的枇杷也可以制成罐头，只是东山的枇杷自古名声在外，销路好，价格高，农家不大舍得拿它做罐头的。

我们摘完了枇杷，回到农家吃一顿午饭。东山在太湖边，太湖三白总要点的，白鱼、白虾和银鱼，其实在市区的菜场也可以轻易买到，只是身在太湖，心情更好，故而觉得在东山吃太湖三白配上一锅土鸡汤，摘枇杷的旅程才算完满。

吃饭的时候，农家便把每个人摘的枇杷称好放在阴凉处，等我们结束，拎着或多或少的硕果，各自回家去了。我每年都会寄给深圳的妹妹一盒，再寄给家里的母亲一盒。妹妹和母亲都说，时令的果子哪里都可以买得到，早没有了地域的限制。我不肯，你们买的哪里有我摘的好，且这每一颗都是亲手挑选，是带着东山的阳光和太湖的风寄给你们，自然不同。

于是，母亲和妹妹把我每年寄枇杷给她们，当成了小满前后的节日礼物。这样，我也便每年期待小满的到来，选一天风和日丽的天气，去摘东山的枇杷。

亲情，是一种奇妙的力量。枇杷在这股力量中，增添了更加香甜的味道，与母亲枇杷传递了我的感恩，与妹妹枇杷带去了我的爱护。香甜的枇杷在每一年里都是新味道，都是新寄托。

莼鲈之思

典故"莼鲈之思"的故事出自吴人张翰。晋时期，他才学出众，游至洛阳时被齐王司马冏听说，授其官位大司马。等秋天的风刚开始刮，张司马便思念起家乡的莼菜、莼羹和鲈鱼来，弃官归乡。后人称之为"莼鲈之思"。

虽是一则因思念家乡的饭菜而弃官不做的故事，但足以说明，家乡的魅力和对家乡美食的怀念。

张司马的家乡在"吴"。即今日的苏州吴中，濒临太湖。太湖岸线绵长，物产丰富，自古就有知名的"水八仙"之特产。莼菜，是八仙之一。太湖也盛产鱼类，如"太湖三白"——银鱼、白鱼和白虾。鲈鱼则是众多湖鱼的种类之一。

莼菜，是草本植物，大多生活在湖泽池沼中。当地人喜欢用莼菜和鲈鱼的鱼肉做成汤羹，味道鲜美，齿颊留香。莼菜的叶子呈椭圆形，背面分泌出一种类似鱼脂的黏性液体，入口则滑如凝脂，清香沁人心脾。宋朝时，被列为贡品。"叶青如碧莲，梗紫如紫绶，味滑若奶酥，气清胜兰芳"，这是古代文人专门形容莼菜的诗。难怪张司马有了"莼鲈之思"后，官都不做，执意要回乡吃饭了。

吴中故友，有一年外出做事，薪水颇丰。临走时为他送行，在东山的农家备了莼菜鲈鱼羹，席间推杯换盏，皆祝他前途似锦，项目是两年的工期，半年后一众好友收到他回乡的消息，说是要请客。

大家到了地点，很是眼熟，再看菜已上席，红漆的木桌中央是一份莼菜鲈鱼羹，他笑了一下，请大家入座。然后给每人分了一碗，三杯落定后，他讲起了异乡的遭遇，水土不服，身体欠佳。加上他不善周旋，几度沟通下来，投资人信心大减，开始对项目指手画脚，故人闲来爱文，有几分清高，姿态放不下，事情渐入僵局。投资人指派的项目监理从中作梗，使工期停滞不前。故人左右为难，便主动请辞，最后账款未结，身心俱疲的他只身返回家乡。

回来修整数日，约大家出来，一表感谢，二表歉意。众友相劝，直言有些福气需要缘分加持，既已如此，安心便是。

散后的几日，便见他在群里新声相告，旧东家诚挚相迎，请他重回执掌大局，他亦接受。众人又贺喜。

岁末相逢，坐在席间，大家又相互祝福，侍者端来一份莼菜鲈鱼羹，时值寒冬，莼菜必是陈物，鲈鱼也差些肥美，宴后，菜品大多富余在碟，唯有这莼菜鲈鱼羹光见盆地，一定是大家节后要各自奔忙，在这年的首尾相接处，心里有一份对于生活之城的感恩和期待。

暖暖的春风

春天是从立春开始的。

立春之后风便暖了起来，迎面吹在脸上，亦不觉得冷，春风拂面几个字溢出心头。这是春天来了呀！走在马路上，右手边是依湖而建的开放式生态公园，城里的山，在不远处，虽没有青如黛，但是公园里的草地上，泛出了一层浅绿，这是春的生机。

公园里还种着不成行的梅树、桃树。梅花也是开了的，一小朵一小朵拥簇着，在枝头绽放，早春的蜜蜂也凑上前来，鼓动着翅膀一头扎进梅的花蕊里去。桃花要开得晚些，粉红的花骨朵都是含苞待放的姿态，走在灰石子铺成的小路上，心情也愉悦了起来，这是春天了呢！

去三山岛，位于太湖之中。坐船去岛上，墨绿的太湖水，春风阵阵湖面起了浅浅的褶皱，还没有到正午，阳光并不烈，坐在船上放眼远望，那大山、行山、小姑山的山尖闪闪发光，投映在湖面上被船身穿过，一刹那，人在山和湖的中央，仿佛飞升了起来。岸边那成排的杨柳摇曳着新发的枝条主人般的姿态迎着我们。

岛上游人不多，自然环境很好，走在路上能听到不知名的鸟叫声，呼吸着清新的空气，一路上感受到岛上阿婆阿公的热情，从城里出来重温民风淳朴。订好的农家来接我们吃午饭，在院子里摆了一张大圆桌。菜品准备得很是丰富，自家养的土鸡炖汤，太湖三白，白虾盐水，白鱼清蒸、银鱼炒了土鸡蛋，青菜是农家自己种的。一顿饭下来，大家的味蕾和肚子都得到了极大的满足。太阳在头顶上，阳光不疾不徐地照射下来，整个人都感到暖洋洋的。站起来伸了伸懒腰向农家致谢告别，我们开始环岛踏春了。

租了几辆双人单车，大家自由成队。太湖这样近，咫尺的距离，岛上不知名的小花开着，也有迎春花的枝蔓长到路边来，单车靠近它，清晰地看见黄色的花瓣是浓浓的春色，大抵，春天是它叫醒的吧？迎春花都开了，春风怎么好意思偷懒，一定是闻着花香吹了过来，到了迎春花的身旁，又舍不得大口喘气，放下脚步，用腰身的柔软处把迎春花轻扫，这样和气这样温柔，把迎春花都挠痒了，吐出嫩黄的叶子来，调皮地和春风打着招呼。

一行人很是开心，有的姑娘干脆把头绳解了，让齐腰的长发在春风中跳舞。也有胆子大的，骑着单车大撒把起来，车轮弯弯曲曲地前行，把后座上的人吓得尖叫了起来，一把扶住半丛迎春花枝，不肯再往前走。放开手时，发现有几朵迎春花落在了手掌，姑娘把头发重新束上，小心翼翼让迎春花粘在自己的发髻上，大声笑着往前骑起车来。

我们都叫她"花姑娘"，她回头说不，我是"风姑娘"，此时恰好有风吹起她的长发，那是暖暖的春风。

听雨江南

唐代诗人韦庄写在江南听雨：人人尽说江南好，游人只合江南老。春水碧于天，画船听雨眠。

我到江南时已是诗人离开千年后的春天。有一年闲在江南的家里，春风刚暖，雨就下个不停。阳台临街，清晨醒来，先是听着卧室窗外的雨声敲打着空调的外机。走到客厅打开阳台的落地窗，雨声清脆入耳，街上已是朦胧一片，雨汽四氤，这春雨，在北方该是贵如油的时候，江南一连就下好几天，雨急得比断了线的珍珠还要密集，从天上下来，目及之处，俨然连成了一条雨线，我坐在客厅，想起韦庄菩萨蛮的后两句："未老莫还乡，还乡须断肠"。

我是人未老，确也怕还乡。拨通母亲的电话，问她家里天气如何，母亲说，太阳高照，晴好的天。母亲又问你要回来吗？我说不，江南在下雨，要听珍珠落盘。母亲笑斥一句，祝你发财！

江南的春雨一停，山上的春笋便开始顶破土壤，笑嘻嘻地把头伸出来了。邻居约我去挖笋，我想想还要穿起雨靴，便回绝她。等她先从山上下来送给我几根毛笋，同时还告知几种做法，我谢完她以后，在当天的傍晚下楼去菜市买回一小块猪肉，用紫砂锅炖。不一会儿，便满屋飘香起来。

江南的春天很长，或许是因为冬天的青绿没有谢完。出门满目的绿婆子。只是雨停了，天会热得很快。刚刚离家两周忽然觉得初夏已经来了。整街的人们只着薄衫，胳膊上都懒得搭一件外套。写完月末总结，从集团回公司的路上，又下起雨来。

雨点毫无预兆地打在风挡玻璃上，听到噼噼啪啪的声音才想起来，要打开雨刮器了。到了公司门口停好车，才想起来这是梅雨季来了吧？"雨打黄梅头，四十五日无日头"，这雨且是要下上一段时间呢！

有同事家在苏州东山，种有多棵老梅树。梅子熟了她先摘了几筐给我们尝鲜，我们吃着酸甜的杨梅，天气什么时候又晴了起来。宋代的曾几知道"梅子黄时日日晴，小溪泛尽却山行"，这是梅子成熟的时候少有的几个好天气，吃着同事家的杨梅，顺便约了休假时去她家再去摘几筐回来，我每年都泡杨梅酒，留给父亲喝，杨梅在高度的烧酒中浸泡，不仅使酒的味道柔软了，梅子捞出来吃还可止腹泻。每年把酒拿回去我都嘱咐母亲，记得吃里面的杨梅。

去绍兴参加一个黄酒的发布会，早晨赶路，我特地戴了一条围巾，怕冷。从酒厂出来去酒店的时候，天空开始飘起细雨，正应了司马长空的怀古："江南秋雨细如丝，鉴湖烟水横波迟。"我们原本是要结束后去会稽山的，秋雨一来，行程只好作罢，大家在车上空谈了许久自南朝以来的会稽美景和众多文人留下的诗词赞颂。

一场秋雨一场寒，江南也不例外。不过几日，城里的空气竟清冷了起来。街上香樟树的叶子还没有变红，秋风一场一场地催促着它们。

江南的冬天很少降雪，等北方大地被冬雪覆盖的时候，江南还在下雨，只是这冬雨听起来有点百无聊赖的意思，它没有春雨喜人，也没有夏雨难熬，它顶多是比秋雨冷了一些。人们穿着厚厚的外衣，委实不愿再伸出手来撑一把伞。雨下了一会儿，便自己停了。貌似要回去想一下，该怎么下才显得有意思一些。

烟雨江南，烟雨江南。那雨落下来化为烟，平江路的乌篷船才有了江南的意境，游客冬天过来，四人藏于船内，雨点打在船顶，声音不大，刚好听见。船家摇着橹，斗笠下的后颈处冒着热气，游客们喧嚷着，请船家唱小调给他们听。船家并不推却，张开口便唱起了一曲白居易的《忆江南》。

游客们听得出神，雨声倒渐渐地小了，他们在船舱内喝完了一壶碧螺春。起身向船家道谢，感慨地和船家说："今天这雨听得好，您曲唱得也好，还是江南好，我们回去怎能不忆江南。"

月下乘凉

月下乘凉，是儿时夏日里最美的记忆。

吃过晚饭，奶奶拿起蒲扇，我抱着一张凉席，跟着奶奶到东厢房的屋顶，乘凉。

晒了一天的屋顶，热气还未完全消去。院子里的大槐树枝繁叶茂，亭亭如盖的枝叶交叉遮挡了屋顶的一角，还有几棵枣树伸着懒腰把胳膊放到屋顶的边沿。我把凉席放在一旁，选屋顶中间的位置，这里抬头刚好看见月光，拿一把扫把把白天落下的树叶和不多的尘土扫至一边，奶奶说可以了，我便把凉席铺开来。躺下去的时候，还能感到屋顶的余温，奶奶说那是天地灵气可以润养皮肤。刚吃完饭，睡是睡不着的，奶奶坐在我的身边，用手里的蒲扇帮我赶走夜晚的蚊虫。

屋顶是用洋灰刷过的，平整，光滑。夜晚的风吹来，槐树和枣树的叶子竞相浮动，月光也跟着流动起来，如水的光影像银河般碧波荡漾。月光皎洁，我在左边看它，它是正对着我，我在右边看它，它又是正对着我。我和奶奶说："你看，月亮老是望着我。"奶奶也抬起头来，我跷起脚对着月光跳舞，人却忍不住咯咯地笑了起来。

夏日的夜晚，在屋顶乘凉的人家不止一户。北方的房子朝向基本相同，所以，几家相邻的屋顶也高矮相同，每户之间也就一道墙的宽度，一跨脚就到了其他奶奶家。邻家奶奶的孙女比我小几岁，躺在凉席上已经半睡过去，我悄悄地走近，用摘来的槐树叶子轻扫她的额头，她紧闭了两下眼睛，醒了，起身和我追逐。月光下我踩着她的影子，她拉住我的衣服，那欢快的声音透彻夜晚直上云层，邻居奶奶怕我们不小心掉下房去，赶忙地站起来，用蒲扇假装要打，结果一猫腰我又回到了自家的屋顶。这边自己的奶奶吓得赶紧接住我，拽着我微微出汗的胳膊，说什么都不让再去了。

　　隔着月色，我们的笑声此起彼伏。奶奶说："你看，都把星星笑没了。"我抬头望去，明明是灰色的云彩走过来，要和月亮说话，星星自己去玩一会儿罢了。我帮你把它叫回来，说完开始手做喇叭状冲着天空大喊："嗨，那个大云彩，你快走开，我奶奶要看星星。"奶奶赶紧捂住我的嘴巴，说你这大嗓门都要把街头水坑里的癞蛤蟆吵醒了，听奶奶这么说，我又忍不住笑起来，本来仰着头，忽然被自己呛了一下，大声地咳嗽起来。奶奶又拍背又唠叨着再不听话就下去，我只好躺下来闭上眼睛装要睡的样子。

　　奶奶继续摇着她的蒲扇，坐在我的身边。我实在睡不着，央求奶奶再把狐仙的故事讲一遍。奶奶说："很多年前的冬天，很冷……"我听着熟悉的节奏，在心里勾画着狐仙幻化成人形的画面，渐渐地困了，奶奶帮我盖上她织的粗布单子，继续摇着蒲扇。这时候云彩已经不见了，月光也移了过来，照在我的身上，星星朝奶奶眨着眼睛跳跃着出现了，蟋蟀的叫声越来越远，大槐树和枣树也静止不动了，我进入了梦乡。

秋

　　秋在夏之后，是叶落；秋在冬之前，是仓收。

　　秋，既是肃寂，也有斑斓。

　　我见过北方的秋，先是树叶开始泛黄，微风渐凉，知了的声音越来越小，是秋来了。天空的云出现大团的白，天空好像被洗过一样，恢复到干净的浅蓝色，天晴的时候，柏油马路泛着光，两边的白杨树开心地摇着手臂，哗啦啦地和过往的乡人打招呼，人们都忙着赶路，云彩越来越低，仿佛受了委屈，一阵小雨下来，风有点凉了。

　　晚饭后，有几个在自家门口抽烟的人，街上邻居间左右探了一下身，互相只看到半边脸就已经认出了是谁，扯着嗓子打声招呼，说着："秋天了，地里小麦准备种了不？"那边含糊着答了一句，便各自回家去了，家里有孩子的顺手插了门闩，要准备休息了。

　　次日，是个大晴天，村外的田里站着几户当家的人，凑在一起商量着今年买什么种子和化肥，清晨的田间泛着晨光，树杈上挂着几件外衣，有正在用锄头整地的人，后背汗津津，那厚实而宽阔的后背上，点点发亮，在晨曦的朝阳下，那光是收获，也是幸福。

中午人们匆匆忙忙赶回家吃饭，有的家里孩子大些的，帮父母煮好了稀饭，等着母亲掀锅一看，米多水少，饭煳了，孩子很不好意思地笑，母亲并不怪，一直说可以吃，可以吃。

下午的田里，有的收麦有的耕地，孩子们都聚在地头逮蚂蚱或斗蛐蛐，几个小脑袋碰在一起，半天也不觉得累。大人们偶有聊天，也隔着几垄地，互相羡慕着彼此的收成，说了几句都大笑起来。女人们都约着忙过这一阵要去乡里赶集，称上几斤肉，扯上几尺花布，大声地讨论着，每一张脸都洋溢着笑容，那是幸福，也是收获。

仲秋了，苹果和梨也都熟了，月圆的十五，每家都会在院子里摆上几样果子，盘里的月饼也是今年新麦磨的面粉，拿去做点心的人家加工，多做了几个还在匣子里收着，等哪天来不及做饭，再拿出来给孩子们吃。

月圆了，银白的大夜明珠一样，在黑色的天上挂着，旁边有星星，眨呀眨地亮，这星光，是慰藉，也是祝福。

有人来串门，喊着主人家的名字，迎进来后趁着月光看见，来人用外衫的衣角，兜起了几个石榴，那石榴深红的籽，把脆薄的皮都撑开了，仿佛微笑着给人问好，孩子接过来一碰，石榴汁流到了手心里，满手甜甜的味道，满心欢喜。

秋，是勇气也是力量。秋始，千亩田收；秋后，万物新生。

北方的秋，在我儿时的记忆里，温润而美好。我爱这多彩又深情的秋天。

下雪了

下雪了，洋洋洒洒。

不知道是哪一片先下来的，它先是落在你的头上，再是落到你的肩上，也有落到你的后颈里，不经意地凉了一下，你才知道，下雪了。抬起手，望向天，苍穹呈灰色状，密密匝匝的雪花奔向你，手心里的那一片，刚看见，倏地一下，便没有了，只留一小滴的水珠儿，你感觉是打扰了雪的梦，它应该落于草丛、应该落于树叶、应该落于土地，怎就提前化在了手心里呢，顿然为它掠过一丝遗憾。

在路上走着，不一会儿，脚面上便起了一层白色的雪霜。扭头看见肩上也存了许多，抖落它们，往路边靠了一靠。马路牙子上的积雪在鞋底下发出咯吱咯吱的响声，先落在树叶的那一撮，很重，叶子受不住，一下倾斜雪就掉了下来，砸在头上，心里一惊。

到家的时候，脚陷在门口的厚雪里去，弯腰拔出来，推开门，父亲已经在房顶上铲雪了。用很宽的木板钉成的雪铲，把屋顶上的积雪推下来。一坨一坨的雪啪嗒一声落在屋门前，把先前的雪花惊得飞了起来。屋顶的雪铲完了，父亲又下来扫院子里的雪，从屋门口到院门外，清出一条路来，黄土的路在夜色下，被白雪映得成了黑褐色，伸向远方。清理完了，父亲才回屋落座，家里开始吃晚饭。母亲掀开铁铸的锅盖，馒头的热气冒出，我拿碗给家里的每一位盛粥，父亲喝了一口小米稀饭，松了一口气说："麦苗可以好好过冬了。"

次日醒来，推门外出。奶奶会叫着披上棉猴（北方小孩子冬天穿的带帽子的半大棉衣），我跑到大门外，昨晚被清后再落下的雪化成了水，然后又结成了冰，刚好把黄土路上的沟壑填满，变成了冰道。我伸出脚去，探一下冻得虚实，估摸着可以，再把另一只脚也放上去，滑起冰来。冬天的棉鞋是母亲手缝的，鞋底是千针眼，扎实平整，在冰面上如同雪橇，两只手张开像是鸟的翅膀，那滑过去的瞬间，整个人似是在飞，愉快的笑声在街上回荡。邻家的孩子们也出来了，还有拿着板凳的，放在宽一点的冰面上，系上一根绳子，被哥哥或者姐姐拉着，一不小心，凳子偏了，幼童被甩进旁边的雪堆里去，凳子也腾空翻了起来，前面的姐姐和哥哥往后一看，笑得那个开心。我光顾着看他们，一不留神脚后跟儿飘了，胳膊上下摆动一个趔趄，也来了个屁股蹲儿（屁股着地，四肢向天），嘴里忍不住哎呀一声，头便感觉磕在了冰凌上，还好有棉猴的帽子护着，不然怕是会把头摔成平的呢。

躺在冰道上，自己笑话起自己来。头对着天，雪停了。但先前的雪还没有化，把阳光反射回去，在半空中形成了五彩斑斓的光影，好看极了。

母亲出来，看见躺在冰上的我，笑骂着衣服都摔出棉花来了。过来把我拉起，拽回到屋里喝一碗红糖水，嘴里唠叨着寒气侵入早晚会生病的。脱下我的棉猴贴在炉子上烤干，又看看我的鞋底，自顾自地说又废了一双新鞋。我脖子里都是汗，说热，母亲是不肯再让我出去的。只说谁家的孩子摔断了胳膊，疼得在哭。我侧耳听着，街上明明寂静无声，知道母亲在骗我。

睡完午觉，雪开始化了，房檐的瓦口里山泉一样流下雪水来，声音很是欢快。父亲穿着雨靴从田里回来，和母亲说麦苗被雪覆盖得很好，开春省了浇醒地的水。

苏州西园寺

在西双版纳住过一段时间，那里的每个寨子都有庙堂，小的，大的，都是寨子里的人建的。朋友在不忙的时候会给我讲他们寨子里每一座寺庙的来历。

每一座城池皆有寺院，那是供神灵和佛祖休憩的地方，也是我们祈福还愿的地方。有人说，在那里可以看到自己，也有人说，在那里可以看到故人。苏州的寺院和西双版纳的有很多不同。常去的，是苏州西园寺。

喜欢寺院的原因，是因为安静。任何时候去，寺院都没有喧哗的声音，即便是隆重的节日，上香的人多，也只相互致意，不会多言。

西园寺有一个后花园，种了许多花。我是偶然走到这一角，除了花匠，甚少有人来。春天的时候，一半的花在暖棚里，走进去，自顾自地看，花匠并不理你，如果你问，她也会答。夏天的时候，栽在外面的葡萄架首先吐了绿，开了花，午后的光照下来，用手机拍照，屏幕出现彩虹，定格的画面静谧而美好。

西园寺创建于元代始名归元寺，有 700 年的历史。明嘉靖太仆寺卿徐泰时构筑东园曾把此处改为宅院，名西园，徐泰时故后，其子徐溶舍园为寺，取名复古归元寺，又请茂林律师任住持为弘扬"律宗"，改名戒幢律寺，俗称"西园寺"。

西园寺的罗汉堂，在观音殿的正对面，是五百罗汉堂。罗汉都是从僧人修炼而来。他们是僧人的榜样。我遇事不快便会到罗汉堂走一回，走过五百罗汉瞬感人生苦短，应放下、应向前。这是心灵涤荡的庙堂，没有什么过不去的坎，也没有什么解不开的结。

寺，廷也，有法度也。庙，世间达贤汇集之地。经书，佛经。

西园寺的六角亭后面，有大间的抄经室。这里可以饮茶论道，也可以静坐抄经。城市里，大多和朋友们约在咖啡厅或者餐馆，我有相熟的姑娘，一年大多只见一两回。约在寺里，煮一壶东山的碧螺红茶。经室里灯光是暖的，梵音环绕，案前一直摆有鲜花。茶气氤氲，候座静待，姑娘姗姗而来，四目相对，翩然浅笑，无须寒暄，捧起一杯热茶，这一日，便是一季里最好的时光。

西园寺养了很多鸽子，有白色和灰色的，它们都身体丰腴，神情安然。看见香客并不躲闪，在院子里池塘边的护栏上闲庭信步。我抄完经书出来，天已经暗了，池塘的水面上龟自在地游来游去，鱼在水下摇了两下尾便不动地待在一处。鸽子低飞到树的枝丫上，树枝不长，它们徘徊栖落。连檐下的密竹都低了头靠在墙上。我看见排队的僧人面目肃然地走出，要上晚课了。

那一场雪

离年的结束，还有两天，长冬无雪。

雪到杭州，想到明天是最后一天了，这一年的，这半生的。

傍晚，从公寓出来，有东西落在脸上，凉凉的，抬头看，是雪。在下雪，是下雪了。雪伸出了手，小小的雪花落在手心，倏地一下就化了，雪的心也跟着动了一下。

从健身房回来的路上，抬头看见半个月亮像个银盘挂在空中，雪洋洋洒洒，趁着月光，好看得像是仙女的羽毛，一片一片，毫不吝惜地、铺天盖地的，满心欢喜地，扑了下来。在路上走，踩着地上的雪发出轻轻的咯吱声，雪的心也跟着松了。

想起金时的文人元好问，年少有才，16岁作词："渺万里层云，千山暮雪，只影向谁去？"——武帝已逝，留一只飞燕形单影只，它该往哪里去？旧人年少相伴而今远离，雪也问自己："我亦往哪里去？"

春天和旧人相见的时候，说是今冬无雪，咳嗽的毛病大抵不会再犯了，今晚想起，喉咙一丝一丝地甜，泛起涟漪。旧人还在，雪比几百年前武帝那位知己女子幸运多了，毕竟旧人还在，只要愿意，春天来了就可以飞过千山暮雪，去相见。

次日晨，拉开 23 楼的窗帘，外面白茫茫，像是大地初始，雪后的灵隐寺一定人满，雪决定去净慈寺，净慈寺坐落在西湖边，看得见雷峰塔。

雪盖在了寺的飞檐、画壁，百年古刹美不胜收。茶室人不少。提前拜了熟识的师父，留得位子，雪进来时，茶台的水已然沸了，师父准备的红茶，古树普洱，小碟的干果亦是雪欢喜的，面对茶室的窗坐下来，门在身后。以前，雪都是坐在茶台的侧方，方便旧人。

轻轻掀开茶坨的外纸，雪开始洗茶，习惯了把茶洗开以后再泡，旧人说，这样会失去了茶的初味。雪每次都是不理，只管等着茶叶散开了，再洗一次，才泡。落雪的时候，旧人总是会提前到，收集好寺里静处的雪，煮了，沉着，往复三次，递给雪，今日看这水也似从前煮好的雪，师父细心至此，雪很意外。

水沸到鱼眼状，雪在氤氲的水汽里，回过神来，旧人远离，已是说过了再见。

茶叶散开，雪开始泡茶，这宜兴的茶壶，和苏州的一把连形状竟也相同，第一泡，按惯例雪倒了两杯，一杯旧人会喝，一杯雪只用来热杯器。今日，对面无人，拿起茶，要倒掉，身后有声音传出："茶还热，给我吧！"不用回头，听得出是旧人。雪的眼睛热了一下，旧人坐到了侧方，接过雪手里的茶杯。

旧人从身后看到雪着青衫，绾了松散的髻。头上的一支簪，松木，多年过去，新如当初。

没有谁先开口。

茶是第二泡，雪看着炭炉上的壶，重新氤氲出水汽，湿了双眼。

一城再见，一城再见。

这一岁的尾。

这一生的冬。

她城。他人。

放下执念，没越过过往。

疾未起。旧人如约而至。少年失约，仅一次。你讲过的，早已兑现。

看着禅院冬树上的积雪沿着枝条、叶子点点蔓延开来，隔着窗，像是开满了花。唐代诗人二出边塞遇见大雪作诗："忽如一夜春风来，千树万树梨花开。"此城离边塞甚远，离旧人很近。

雪停了。

炭火发出温暖的光。

月亮和星星都在的夜晚

　　每天晚上和大美（一只松狮）出去散步，有时候等不及它磨磨叽叽的样子，老是催它回家。有一日，出来得很晚，街上很静，我们走在公园的外面，大美在家里待了一天，可能觉得无聊，在外面它又开始慢慢吞吞地走路，一边走还一边和小草说悄悄话，闻一闻人家，然后伸出自己的右爪，和小草打招呼。

　　我牵着大美的绳子在手里晃来晃去，我知道，大美在我的后面，它要和小草做朋友，要是白天，它还会追赶蝴蝶和蜜蜂。反正小草也不会理它，一会儿它就会走到我的前面去。我等它的时候，不经意抬头望了一下天，谁知道，正看见一弯月牙在那里望着我，仿佛在笑，说，你怎么那么没有耐心，还不如大美。我有点歉意，对着月牙浅笑了一下，然后又看到了它身边的星星，好久都没有看过这么多星星了，它们眨着眼睛，一闪又一闪，不慌又不忙的样子。

　　我是有多久没有看见过月亮和星星了呢？不记得了？好像上一次看见它们还是在很小的时候。我上小学，奶奶屋里没有闹钟，我总是怕早课迟到，夜里醒来后不肯再睡，穿好衣服背好书包，把屋门打开一条缝儿坐在门槛上，两手托腮看着月亮和星星在夜空中望着我。天亮的时候是星星先走的，然后天空出现朦胧的白，雾气缭绕，月亮先是待一会儿，再待一会儿，等太阳露出橘红色的光，月亮也自己走掉了，这时候差不多我可以去学校了。

有时候我望着天，月亮和星星也望着我，我等了一会儿，又等了一会儿，都等得困了，月亮和星星还在，奶奶一遍又一遍喊我的名字，让我再回去睡一会儿，她说天不会那么快亮，我不肯，怕一睡过去会误了上学的时间。自己很困，坐在门槛上忽然埋怨起月亮和星星来，心里觉得委屈，我都等了这样长的时间，你们怎么还不走，你们不走天就不会亮，天不亮我便不能去上学。托着腮的两只手都酸了，月亮和星星还是不困的样子，我便哭了起来。把头埋在胳膊里，赶不走月亮和星星也赶不走自己的困意，整个院子都寂静无声，我不敢大哭，只能哽咽着把委屈咽下去，怕吵醒了奶奶又让我回去睡觉。这样的清晨在我的少年时代反复上演。有时醒来，刚好天蒙蒙亮，约莫着不大会迟到，匆匆地穿好衣服，背上书包便往学校跑去。

后来长大了些，有了块电子手表，会自己看时间了，便经常睡到最后一分钟才舍得起来。奶奶便笑我，你怎么不去外面看着月亮和星星了，它们没准儿经常想念你呢！想念这个小姑娘怎么好久不坐在门槛上赶我们走了呢！奶奶的话让我不好意思起来，于是匆匆地穿好衣服，拿起书包向学校跑去了。

曾经坐在门槛上望着月亮和星星的夜晚，是那样的美好。院子里什么声音都没有，连那几棵枣树都好像和我约好了一样，不出声地在望着夜空中的月亮和星星。不知道枣树是否在心里笑话过我，反正我在中午太阳正热的时候，会跑到屋顶上去摘早熟的枣，一颗两颗三四颗，先是放在手心里，然后放进书包里。枣树上面那几枝手臂，总是很配合地伸到我的面前来，它从不曾说过什么，好像知道我每天早起等月亮和星星不容易一样，让我更容易地摘到枣子，多吃几个，明天说不定又会是早起的一天。

我望着公园上空的一弯月牙儿和它身边无数颗星星，又想起儿时的往事，心里涌出一股酸酸甜甜的味道，像是那几颗中午摘来的枣子一样。

　　我头昂得有点累了，手里的绳子一紧，是大美走到我的前面去了，也不知道小草答应和它做朋友了没有？我追上大美，抱起它的头在它耳边说，你看呀，那里，就在那里，有月亮和星星呢！大美抬头顺着我指的方向看过去，应该是看见了月亮和星星，它回过头来冲着我的脸轻轻吻了一下，像它吻小草那样。我回过头又望了一眼夜空中的月亮和星星，它们是我少年时的那一轮月亮，也是我少年时的那几颗星星，它们望着我的样子，宛若故人。它们一定认出了我，我就是当年坐在门槛上的那个小姑娘。

　　有月亮和星星的夜晚，真美，真好。

第三辑　最美的人儿

遇见陈老师

多年过去，我对陈老师依然记忆犹新。

小学六年级，一个下午的课间，班里活泼的男生跑进教室，大声地宣传，我们有新的语文老师了，姓陈。

在此之前的语文老师也姓陈，瘦长，头发很少，教了我们几年，性格温和，他整天穿一套很干净的深蓝色中山装，背微驼。陈老师生病了，校长为我们请来了一位新的语文老师。

新来的陈老师，在第二天的语文课和我们见面了，她长发烫成卷，束成马尾在脑后，留着头帘儿，也是卷的，斜向额头的右边，陈老师戴着银边眼镜，不过，并没有遮挡住她那一双双眼皮的大眼睛，明亮、友善、带着笑意。陈老师的皮肤很白，说话声音适中，个子高高的，不胖也不瘦，她穿了一条碎花的连衣裙，略微宽松，手抬起来在黑板上写下她的名字，她戴了一块儿手表，银色的表带，那块表刚好配她，在手腕上不大也不小。"陈颜彩"，她转身向我们介绍她自己。

班里的男生很是兴奋，毕竟一年级到五年级教数学、教语文、教体育的，都是男老师。学校里仅有的几位女老师也都是中年人，她们全年都穿着几乎一样的衣服，连表情都差不多，除了教书，有时候还顺带说媒，我们一贯是不喜的。

班里的女生表现得矜持些，只是小声地议论着新来老师的种种。

不过几日，语文课便是大家最期待的课了。陈老师讲课用普通话，是那种听起来就是很纯正的普通话，像广播和新闻里出现的声音。就这样，我们也大胆地朗诵起来，模仿陈老师纯正的普通话，这让整个早读课显得生机勃发，朝阳透过课堂的玻璃窗照进来，一张张生机勃发的脸，越发生动起来。

不知道是不是陈老师进入状态太快，还是我们对陈老师的拥趸太过张扬，总之，我们的晨读引来了一场不小的风波。

为了奖励同学们积极的学习态度，更好地提高学习效率，陈老师把家里的双带录音机带来了学校，早读时和我们商量，如果我们提前把课文朗诵熟悉并按要求背诵过指定段落，就可以提前结束早读，听十五分钟的歌曲，我们还可以点歌，陈老师带了很多磁带。

同学们欢喜雀跃，每日早读课的热情空前高涨，竟然连续一周提前完成任务。我们也有了一周的时间每天听十五分钟自己喜欢的歌曲，就是这一周的快乐时间，陈老师被其他老师投诉到了校长那里。说是把六年级的毕业班带得天天听流行歌曲，还说一位代课老师本来应该低调教学，天天穿得花枝招展错误引导青少年。总之，陈老师被校长叫去谈话，回来后站在教室外面的门口很久才进来，站在讲台上和我们说，六年级学习紧张，以后早读课就不听歌了。我们隐约了解了原委，全班静静地没有人出声，全部低着头。陈老师说完，低着头快步走出了教室。

学校另几位女老师依然穿着一成不变的蓝色褂子，她们的发型也出奇地一致都是齐耳短发。自习课的时候，她们都爱站在教室的门口，望着天，偶尔朝教室里探一下头，拉长声音提醒同学们好好自习，不要搞小动作。

转眼我们毕业考试了，考试过后再也没有看见过陈老师，有人说她已经离开了学校。

上中学意味着我们长大了，意味着我们可以规划自己的人生了。记得陈老师曾经表扬过班里的许多同学，陈老师也表扬过我。她善于发现每一个人的优点，她把每一位同学的优点都无限放大，让我们相信，每一个人的梦想都有机会实现。

中学在乡里的镇上，我们每日骑单车来回，小学校址在村口的位置，是我们每天放学回家都会经过的地方，有一天不经意地抬头，竟发现"北张里小学"，那个"北"字少了一半，剩下右边的一半像个匕首一样孤单地黏在高高的铁圈上面。我和大云站在校门口半天，貌似随着这半个字的丢失那些留有美好回忆的小学时光少了点什么，比如我们得知陈老师的离开。

升了初中，同学们被重新分了班。幸好我和大云还在一起。中学的语文老师是师范大学毕业的，讲课也很好，她也留长发，也烫了卷束成马尾在脑后，同样留了头帘儿，也是卷的，斜向额头的右边，只是，和我们的陈老师不同，说不上来哪里不同，我和大云在回家的路上讨论了几次，终究没有讨论出个所以然，只好作罢。

在初中三年的早课上，我们再也没有得到过听歌曲的奖励了，只是在上音乐课的时候老师会让我站起来唱歌，歌曲一般都是前一晚在借来的歌曲书上现学的，看不懂乐谱，凭着感觉唱，有一次被同学提醒，完全不在调上，我翻个白眼给他说，连台录音机都没有，凑合听吧。

直到多年以后，我们都已成人，步入社会，彻底告别了校园生涯。有一次我微信问大云："你是否经常想起我们小学六年级的陈老师，是否记得她带着录音机给我们听歌教我们唱歌的那段日子？"大云说："会，会经常想起。"

我们读书、求学，一路遇到过很多老师、前辈，他们都孜孜不倦，悉心教授。他们有的像春雨，滋润了我们的心田，有的像明灯，指引着我们向前。陈老师像风，吹开了我们年少的心扉，让我们对学习产生了莫大的兴趣。

多年过去，我依然记得那个午后，班里有活泼的男生跑进教室，大声地宣传，我们有新的语文老师了，姓陈。

少年刘小垚

刘小垚是弟弟的女儿，管我叫姑姑。

我第一次见到她，她还不到一岁，回老家的时候是冬天，刘小垚穿得很厚。我习惯晚起，母亲把她带到我的房间，教她认我："这是姑姑。"她便一遍一遍地叫"姑姑"，声音清脆悦耳。

弟妹在外工作，所以刘小垚大多数的时间都是由我的母亲带，她和奶奶的感情很好，对奶奶也很依赖。她的性子比较像弟妹，温柔，纯善。

刘小垚爱笑，皮肤白白的，大大的眼睛像剥了皮的葡萄水灵灵，因为胃口好，吃饭不挑食，长得有点微胖，婴儿肥的脸蛋显得肉嘟嘟的。当她对我笑起来的时候，我感觉整个世界都融化了，心里升起的开心无法抑制。

休假结束，我离开家后，就很少见到刘小垚了。

刘小垚三岁的时候，弟妹带她来苏州，我去车站接她们。远远看见刘小垚被弟妹牵着手在等我，我喊了一声："垚垚。"她愣了一下，然后飞快地向我跑来。

刘小垚瘦了一些，但是对于吃饭还是充满热情。晚饭的时候，可能是因为困，碗里的菜又实在好吃，结果一边吃一边睡，最后一口饭吃完，抱到床上，直接睡着了。

都说侄女像姑姑，我倒是真心喜欢刘小垚，她也很喜欢我。

直到她上一年级，二年级，我都没能再见她。她三年级寒假的时候，我再三邀请，弟妹特地请了假把她送来苏州，和我一起过年。

九岁的刘小垚已然是一副蓬勃少年的模样，长高了许多，也变得更漂亮了。她带来的寒假作业，按照时间表，我帮她做了每日规划，她完成得很好。

平常我会带她去图书馆和书店，感受大城市的丰富阅读文化。也会带她去平江路和苏州园林，感受不同区域的特色和历史。还会去古城区的菜市场，感受吴侬软语的江南烟火。

刘小垚很配合地跟着我，每游览一个地方结束，回家写一篇作文。小小年纪，用词写字都已经很好了，原本对苏州的了解，只是姑姑长居的地方，待了一周之后，自己学着用手机查有关苏州的资料，作文写得也越来越好了。

和刘小垚聊家里的事情，她总是说奶奶对她很好，会偷偷给她吃糖，有时候考得好了，还会奖励零钱；爷爷有点抠门，总舍不得给她买糖葫芦吃；妈妈很有心，记得她爱吃的所有东西；爸爸有点严厉，但是却最舍得给她买很贵的鞋子和衣服。

我看着眼前说得滔滔不绝的少年，心中浮现出弟弟九岁时候的样子。时光催人老，恍惚间，弟弟的女儿也长到了他曾经的年纪，和他一样的说话方式，思路清晰，表达丰富。

时光很快，少年如同白马在奔跑向前。

寒假快过完的时候，弟妹来接刘小垚，她们走后好几天我都不太敢打电话，都说近乡情怯，我这是人走情怯，和刘小垚共处几十天，猛然离开觉得公寓房间变得空荡荡的。

新学期开学的时候，刘小垚交作业，有篇作文被老师表扬，题目是

"我是少年"，弟妹说这是她回家后写的。

刘小垚说："姑姑说我是少年，是爷爷奶奶的少年，也是爸爸妈妈的少年，还是祖国的少年。"这话我对她说过，没想到她记在了心里，用自己的理解完美地表达了出来。

少年刘小垚，你是姑姑的，也是家庭的，更是祖国的，祝你越来越好！

闺蜜大云

闺中蜜友，闺蜜。

大云就是这样的。我们从 9 岁相识，或许更早一点，只是 9 岁，是我和大云产生友谊的时候。那一年，我们在同一个班里读小学三年级。

大云和我是同一年生，我大她不过半月。大云的奶奶是我母亲的姑姑，我们是论得到的亲戚。大云和我不同的是，她有两个哥哥，而我是家里的老大，所以，心理上大云总觉得自己很小，有时候显得很是娇气。

和大云 10 年同窗。小学六年，中学三年，高中一年，同在一个班。高中一年级结束后我转读他城，直到她大学毕业，我们又在他城相见。

起初的时候和大云的关系并不是很亲密。她和我都有各自的好朋友，算起来，大云的朋友可能更多一些。大云妈妈很会做衣服，自己裁剪，即便是普通的料子，经她手做出来给大云穿上，也总会耀眼很多。大云经常穿一件粉红色尖领的衬衣，外面配一件玫红色半长的掐腰外套，以我的审美来看，全村最漂亮的姑娘也不过就是大云了。我也喜欢粉色，可是母亲却不怎么买粉色的料子，给我做了一件大红底白色葡萄花的衬衣穿着，让我觉得我和大云比起来，她显得更娇嫩一些。

大云喜欢自己剪头发，尤其是头帘，当别人都是稀疏几根斜在额头上的时候，她把自己的刘海剪得齐齐的，刚刚好在眉毛之上，厚厚的一层，还把鬓角的一边也剪了，留下齐齐的一绺儿，她发质垂顺，后面的头发束成一个马尾，走路总是走曲线，还走得比较快，她喜欢猛不丁地走到你的前面，然后一个急刹车，冲着人家喊："嗨！"

大云那套粉红色的衣服，穿了整整两年，直到初一上学期结束，小了，她才不穿。不过她还是喜欢剪刘海，我也学着她的样子把自己的刘海剪了一把，谁知道我那不听话的头发在额头上飞起来，像逃跑的公鸡，实在不怎么好看。

初中的时候，我们在镇上的中学读书，每天早晨我都是自己做饭，清水煮挂面，吃好了便去找大云，结果她多是还没有起床，等着她慢腾腾地收拾好，赶到学校，我们已经迟到了。迟到的惩罚是站在自己教室的门外，直到早自习结束。这样的日子很多，而每一次都是因为大云，现在想来也奇怪，我竟然没有怪过她，也没怎么生过气，最多就是上学的路上不理她，她也没什么解释，不恼也不急，她虽然有点娇气但是性格却是很好的。到放学的时候，我早忘记了迟到的惩罚，然后又一起说说笑笑结伴回家。多年以后我再想起这件事情，打电话质问大云，当年我没有提醒过你要早起的吗？她笑而不答，我只好作罢。

初三下学期我们开始住校。全班的女生睡在一个有两间房的大宿舍里面，通铺。晚上熄了灯也会说话，有一次大家聊起以后各自会嫁给什么样的人，大云悠悠地说，她要嫁给一个军官，还要生一个儿子，真是美梦。谁知道，多年以后她竟然真的嫁了一个军官，也真的生了一个儿子。我们约好等我嫁人后再一起生个女儿的，结果我准备创业，她自己先把女儿生了，告知我的时候自己在电话里笑得很不像话。

大云很会理财，她说，我的薪水没有你高，但是我的资产是你的几倍。我算了一下，真的是。在那个被大云刺激的一个月里，我付了第二套房的首付，在第二年又把这套房子卖了，换了苏州的首付。若非大云提醒，我估计还憧憬于自己独立女性的形象当中。有了大云的参照，我才知道，所谓的独立女性，不分有无婚姻关系，不分职业从属。大云把自己的职业规划做得很好，把自己的家庭经营得也好，理财之余还生了一双儿女，有这样幸福且优秀的闺蜜，是我经常把自己也憧憬为一样幸福和优秀的女性原因之一。

我并不恐婚，也不恨嫁。只是觉得这件事，总要水到渠成或者天赐良缘吧，大云有时候追问，我便说，月老很忙，你也很忙，我更是忙，所以有些事，虽不是故意但就是那样忘记了吧。

大云和我如今各居一城。闺蜜群里有三个姑娘，另一个是多拉张，也是在生了儿子之后又悄悄地生了一个女儿的人。

转眼间，我们竟然也到了而立之年。赖着不想长大的我在群里会问，今年我们到底几岁了，总会惹来她俩的群嘲，说你比我们大十几天，自己心里没数吗？

有时候又赖着她俩写信给我。她俩笑一回，还是会写的。等我念到她们写给我的信时，仿佛一下子就回到了童年，回到了那个叫"北张里"的村庄。

大云会在很多时候和我说同一句话：愿你千军万马，归来仍是少年。

我爱的大云，我们永远是少年，就是当年那一群鲜衣怒马的少年呀！

多拉张

多拉张亦是我的闺蜜。

同多拉张要好的时候，比大云早些。多拉张是我童年记忆里第一个好朋友，已经记不得是因为什么就成了好朋友的。

多拉张有两个弟弟，她和我一样，是家里的长女。在农村，长女是会被寄予很多期待的，比如说，做弟妹的榜样；比如说，多帮父母干活。多拉张比我更幸福一点，因为他们家就她一个姑娘，而且她长得好看，又听话。

多拉张性子好，从不发火，从不大声说话。我认识她的时候七岁，和她交往的 30 多年里，她从来没有指责过谁，亦不曾和谁吵过架。我是真心喜欢并感激有生之年有这样一位朋友，她对我的包容无限大，总是理解我所有离经叛道的选择和决定。她对我的剖析又字字见底，直达灵魂。她总是能风轻云淡地说出我每一个艰难的时下，又总是温和地拖着我走出很多莫名的至暗时刻。

多拉张有一种魔力，看似未经风雨，实则千回百转。她总是不说，不说生活的苦亦不说瓜果的甜。她都是接受，接受高考分数达到一本却因为填错志愿去读专科，还是个土木工程专业，我都为她难过。可是她为了不给父母造成二次高考的压力，决然地去了。还好，在大学期间，多拉张自考了计算机本科，毕业后一直从事相关专业的工作，职业也步步高升。

人生的岔路很多，我喜欢多拉张勇于选择敢于承担的态度。她总是不说，却暗暗为自己做好了准备，那为之准备的是她自己欣然前往的路，她不悔，因为她知道她可以。

我每遇到职业转折和生活抉择的时候，都会打个电话给多拉张。或是在午后，或是在深夜。多拉张远在他城，用遥远的声音回答着我，她先是用拉长的一声："喂！"然后再用家乡话夹杂着不怎么地道的长沙话来分析我眼下的困境和迷惑。她通常不予鼓励，只管说明真相。然后匆匆挂断，说是怀着二胎要注意辐射。

我自然知道，在她不多的话语里已经说清楚给我的建议，她亦知道，有时候，我也早下了决断，只不过想征得一个同盟。

闺蜜之间的了解，除了多年的成长陪伴，还应该有与生俱来的气场相吸。没有来由，不问出处，就是知道，就是了解，臭味相投又惺惺相惜。

多拉张爱咳嗽，后经猜测她从小有哮喘的毛病。小学六年级我们开始有夜课，冬天教室里的炉子经常灭，每天引火用的是每个同学从家里带来的五只玉米芯，就是晒干了玉米脱了粒的玉米芯，这个东西易燃，但是烟大。想来也是煤用得不好，教室里上午是冷的，下午也是冷的，晚上炉子总算点着了，又有很多的烟，这烟呛得慌。多拉张整节课都在咳嗽，那咳嗽的声音像是一个老者，上气不接下气。教室里鸦雀无声，既无人劝阻，也无人安慰，任她一声接着一声地咳。中学时，多拉张在我的邻班，学习还是那样好，冬天的时候我问她，上课还咳吗？她说已经好了，不知为何？

高中的时候，多拉张的教室在我的楼上。我们教室在一楼，我的座位挨着窗边儿。每次上课铃打响，我已经手撑着下巴临窗看着其他班的同学们急急地快步上楼，这本来是件挺没有意思的事儿，我在赶路的同学间瞥见一位同学手里拿着本小说，他用手卷起来，斑驳的书页上用圆珠笔写着"亦舒"两个大字。我没有看过的呀，这还了得。探头一望，貌似和多拉张是一个班的，我不顾老师提前点名的危险，从教室的前门跑出来，扯着嗓子冲着三楼喊多拉张的名字，她回我，我便大声地说："你们班，那本书，扔下来！"不一会儿，多拉张便抢了同学的书，扔给我，默契得像是雌雄大盗一般。这自然也是从小养成的习惯，和后来者比，自然难懂。

我实习的时候，多拉张大学毕业了，我们又在同城。

我报了个电脑班，用486电脑学打字，五笔终究没学会。打电话问多拉张，以后我要是用拼音打字，会不会被歧视？她笑着说："很多人不会用拼音，你语文课好，有基础。"这样委婉的认同，我表示欣然接纳。

多拉张婚后婆媳关系和谐，她的职业也是芝麻开花，我想这多是因了她性子好。她结婚和生子我都没能前往，只是在以后的几年里，她不断地提醒我，结婚对象，一定要她看过，用她的话说，怕你多年沉迷于言情小说，智商情商受到影响，两句好话便误认是真爱毁了终生。

我会写信给她，没有什么重要的事情。寄到后还会问她读后感，问她会不会留着将来读给孙子听。她说刚睡了一个午觉，儿子还没有长大，你也没有长大。

我说自己如同一个旧时的人。多拉张说，不是，你只是在旧时的感觉里待得久了，难以读懂新东西，权当如此吧。我喜欢这样的多拉张，我的闺中蜜友。

陈阳

与陈阳相识 20 年了。

相识的过程很有趣，我们在同一条街的夜市上摆过摊儿。陈阳卖漫画书，我卖自己家里的杂志，或许是"志趣"相投，她过来聊天儿，我们便相熟了。

陈阳每天赚的零钱，都给了附近的餐馆。她带着我去喝粥，点了几样小菜。一边吃一边说她一个专科毕业的大学生基本找不到工作，那些好一点的公司，起码也要本科以上文凭。自己大学三年对漫画研究透彻入骨，但是她只卖柯南，理由是喜欢。有时候遇到小朋友在她的摊儿前逗留，和人家聊得欢，临走，还送人家一本。我看着可乐。我摆摊儿是因为想自己做老板，一块五两本过期的《读者》遇上讲价的我直接告诉她不卖。陈阳听到过来帮我说合，给人家两块钱三本。

我们经常在出摊儿前，去馆子里吃晚饭，有时候她问我："喝点儿不？"我说："可以。"她便叫老板上一瓶冰镇的啤酒。她把我面前的玻璃杯拿过去，反复擦拭几遍，倒上。她喜欢干净，租来的小房间每天都充斥着滴露消毒水的味道。

过了几天，我们都烦了，毕竟靠卖自己的二手书赚来的钱，每天也仅够喝粥的。我对城市的批发市场很是熟悉，商量着要不卖点别的。陈阳懂得很多，她喜欢打火机，一个女生，不抽烟，但是一只手打开打火机的样子，飒极了。她和老板谈进货的价格，我在一边逛市场。夏天的夜晚，晚饭后遛弯儿的人多，那时候的城市，好像也不见有人养狗，出来散步，顶多领个孩子。但是城管还是会驱赶的。我们把摊子摆在街道的两边，左右老板都是各种夜市的老把式，他们摆摊儿是为了能实在地贴补生活，所以比我们敏锐很多，每次看见城管来了，动如脱兔，等半条街的人都散了，我和陈阳才反应过来，兜起放货的底布向老把式们的方向追去！

　　天气冷了，陈阳找到一家装修公司去做会计，她有会计证。我也寻了一份培训促销员的差事，是的，因为我有三年的工作经验，且销售业绩良好，所以让经销商看起来能胜任一个培训主管了。

　　上班后我和陈阳见面的次数少了。好不容易约了去公园，结果等陈阳自己逛完了，我还在家里睡觉。陈阳买了早餐送过来给我，丝毫没有介意我爽约的样子。问她，她便说："你就这样，恨早起，习惯了。"

　　上学的时候，马克思说："人生离不开友谊，但要得到真正的友谊才是不容易；友谊总需要忠诚去播种，用热情去灌溉，用原则去培养，用谅解去护理。"我当时把这段话抄在最心爱的笔记本上，勉励自己。

　　陈阳对待朋友的态度和诚意，总是让我觉得，她是马老师说的另外一种情况。陈阳很"傻"，我有一次应急钱不够，打电话给陈阳，她几十分钟把钱打给我。后来我知道，她没钱，去找邻居借的。我愧疚了很久。然后听说她经常这样帮助朋友，我给她说："不可以再这样了，万一被骗怎么办，你帮我就算了，谁知道别人如何？"陈阳笑了笑说："她们肯定也是像你这样的朋友呀。"我无言以对。

　　陈阳的性格就是热情，包容。这和她的家庭教育分不开。她的父母是铁路单位的双职工，她从小在机关大院里长大，习惯了那种有糖抱出来分给所有小朋友吃的日子。陈阳的妈妈来看她，我见过。她的妈妈一看就是那种受过良好教育的人，对待孩子的朋友客气礼让，还让我代她向我的父母问好。说实话，我很不好意思。末了，阿姨还请我们到外面去吃饭，说是改善一下伙食。

陈阳的父母退休后在北京的近郊买了房子。陈阳为了照顾父母方便，回北京工作了。我也离开了家乡，南上深圳。和陈阳见面的时候越来越少了，每次电话里的最后一句都是："记得好好照顾自己！"像我的母亲那样叮嘱。其实陈阳和我生于同年，一样的年龄总觉得她更像是姐姐呢！

她总是记得我的生日，每年都会买了礼物特地寄过来，对于陈阳的用心，我从不曾推托。我记得马克思说过的话："人生离不开友谊，但要得到真正的友谊才是不容易；友谊总需要忠诚去播种，用热情去灌溉，用原则去培养，用谅解去护理。"我把陈阳喜欢吃的零食和喜欢喝的咖啡，也记在心里，每次远行，都记得帮她带回来。

董小姐

董小姐是杭州土著，我的业内好友。

我到杭州工作的时候，是春天。集团投了几个项目，董小姐是其中一个项目的负责人，项目启动前期，她在本部办公，和我的办公室共处一处，餐厅忙时她到餐厅帮忙，因为专业，性格又温和，同事们都喜欢她，私下很多问题都愿意和她沟通，遇到需要工作协调的，她会单独和我讲，以便于我调整，我很感激董小姐体谅的方式和沟通的方法，一来二去发现从业价值观相近，自然成了朋友。

春天的杭州极美，我工作的餐厅处于景区深处，出城的路要经过钱江大桥，因堵车，经常遭遇拒载，我索性步行。董小姐为了上下班方便从家里搬了出来，在公司附近租了房子。

董小姐的项目推进缓慢，她自己跑到工地上看，回来后便没有了信心，景区的工程受限极多，这样下去恐怕没有成型之日了。郁闷的董小姐每天在餐厅帮忙的时间越来越长，有一次中午休息，我和她聊天，知道她也是毕业以后一直从事餐饮服务和管理，多年下来，见了太多业内品牌的兴衰和荣辱。

杭州四季分明，尤其体现在食材和风景上。我从苏州过来，还是感觉杭州食材的丰富和多变，地处钱塘江下游，东南沿海又是京杭大运河的南端，江鲜大多是食客们的首选，当地酱卤也是一绝，杭州城经过两千多年的历史浸润，文化多元，物产丰富。我和董小姐在老底子菜品上的见解多有相同，她又给我刷新了很多传统的杭帮菜知识，在她身上，收获颇多。我很是敬重她的为人和学识，餐饮虽是小门面但是来客多为城中精英和巨贾，服务员自然也不全是卖菜，20多年的菜单写下来，自然懂得人情世故和待人接物的繁杂礼数。

董小姐虽通情豁然，但行事低调，我也是聊了许久才知道，她出身餐饮名门，当年的合作者们如今大都是业内师尊，往日种种她从不示于人前，对每个部门的要求欣然接受，从不计较职位高低和态度好坏。

董小姐一直很担心她项目的进展，和董事会沟通了几次，又没有明确的答复，她有点着急，工程停顿，问题棘手。董小姐心情越发郁闷，她前后衡量了一下，觉得与其耗下去不如就此作罢，毕竟作为职业经理人，投资范围的事情，有很多是非心所愿的。她决定离开的时候，我很是遗憾，清明刚过，想找个地方喝茶，董小姐深谙清净之地，我们一起去了一个山中的低洼处，叫"坞"的地方，沿途尽是茶园和桂花树，郁郁葱葱，两杯绿茶一餐粗饭，结束了我和董小姐的同事关系。

离开了餐饮的董小姐，休息了一段时间，去了朋友的玉器行。

我再次见到她的时候，是因为工作空窗期，董小姐把找到她的资源推荐给了我，事情谈完后，董小姐请我吃火锅，她常问我的生活和状态如何，末了，又嘱咐些体己的话，我离家多年，居无定所，置业的房子倒像是用来休假用的，平常辗转南北，尝尽很多苦甜。董小姐一直在杭州，年轻时还出差，如今连城都不出了。她说，年纪大了心性淡然，不想争也不想看了。

我在董小姐的店里看玉，翠绿的颜色缀在柜台里的白丝绒上面，形色各异，通体有光。美石为玉，玉是石头的精华，佛道里称之为大地舍利子，多有辟邪的功效。《礼记》中，君子比德如玉。君子之交淡如水；我与董小姐也就是几餐饭的交情，在后来的几年里，我每到杭州董小姐都会请吃饭，都会问起我的生活和状态，在我混沌茫然之时多有提醒和关照。

玉，石之美者，有五德，润泽以温，仁之方也。我生来粗粝，年少外出求学谋生，棱角分明，一路多有波折，遇到过很多厚爱于我的人，给了我很多善待和暖意。董小姐是其中之一，她是我很重要的朋友，以前和以后都是。

如诗的文俊

文俊是我的同业好友。认识她的时候，是在北京，大气又雍容的城。我经过层层筛选，成为了文俊的同事，时间并不长，我辞职回南方工作后，和文俊一直保持了联系。

文俊是美的，是美而不是漂亮。漂亮总有一丝惊艳在里面，文俊不是，她是美，美而不艳，舒爽有致。

我该怎样形容文俊的美呢？"芙蓉不及美人妆，水殿风来珠翠香"不够准确，或者"脉脉眼中波，盈盈花盛处"，这样似也不够，"眉梢眼角藏秀气，声音笑貌露温柔"，这一句差不多是了，细细想，还是差那么一点点。

我刚刚入职的时候，交接盘点。对于楼层的餐具器皿等均要按账点收，不然，月底入库会按照长短账来对负责人进行追责。我刚到餐厅对于数据和分类并不熟悉，委托主管办理，她点好后我只查看数目确认。还没有点完的时候，文俊略显匆忙地走过来，她态度中立，对交接双方说她作为同职同事有责任提醒和监督盘点过程，以便于我月底交账之时不要被动，她还小声地和我说："你不用介意，如果有某项短缺你只管提出来，我帮你向公司沟通。"我知道，按照交接惯例，她自是没有这个必要帮忙，初次见面，她能这样做完全出于职业素养，因此，我对她感激之余，心生好感。

文俊是安徽人，这一块南北兼容的风水宝地，是三大商派之一的"徽商"发源地。她学业结束至京城工作，职业颇有建树，早早在北京置业。空余的时候还理财，定期存入户头的数额让我暗暗吃惊，草算了一下她的资产，我笑问："你是不是祖上经商后期没落，你一正经大户人家的小姐不得已才抛头露面流落京城的？"

文俊对于专业有极其认真的钻研精神，这在业内并不多见。

有一次晚例会前，她说了一件事情，晚餐遇到客户要点纽西兰羊排，我们菜单上写的是新西兰羊排，客户纠结于纽西兰和新西兰的区别，一定要找负责人来解释。当文俊回答客户纽西兰和新西兰是同一个地名，只是音译不同时，客户断然不认，非要把菜退掉说是不够正宗。多说无益，只能先满足客户要求，几百块的菜退下来，总是要有人承担责任的。文俊向我求证说这是不是一个音译之差，我说应该是，然后文俊又怕弄错，回到办公室查电脑，结果赫然相对。我俩相视一笑，很多时候，客户是对的，错的也是对的。例会分析案例，文俊并未提及此客诉，我知道，很多时候，我们无分对错，消化客诉是管理人员的职责之一。只是晚上回到宿舍，文俊还在和我讨论说，是不是今天解释得不够专业，或者角度不对，才导致客户一定要退菜。

因为在一起工作的时间太短，遗憾没有和文俊把纽西兰和新西兰的事情讨论得更清楚一点。我记住了她人长得真是"俊"，而且字也写得"俊"，落笔挺拔，收笔有韵。我离职后，断断续续和她聊天，我记得她爱吃一种"无穷"牌子的鸡翅，她竟也记得我爱吃的零食品种。再聊就是恋爱了，文俊一直不缺人追的，谈起感情，她的态度使我有些惊讶："花开不并百花丛，独立疏篱趣未穷。宁可枝头抱香死，何曾吹落北风中。"是郑思肖的画菊，郑思肖节操高雅、傲骨凌霜。这样美丽的女子所持有的恋爱观，果真有不凡之处。

我在南方的大城或小城辗转，有时候是为生活，有时候还是为生活。几年后，得知文俊要结婚的消息，我竟然怅然若失了几天，笑自己应了那句"最怕的是，一个有才的女子忽然结了婚"。

婚后的文俊依然工作着，她经常邀约我如果路过北京的话一定要一起吃饭。

再见文俊是七年后了，因了她的大力举荐我又和她做了一段时间的同事。后因几年前的旧疾复发，不适合工作，故再次辞职，对文俊到底还是欠了一份相惜之情。

我长居苏州后，再也没有见过她。去年她因公到杭州出差，本是约好了晚饭。结果，前一日我接到家中急电，错失了当面感谢的机会。

职业生涯里，我遇到过很多美丽且优秀的女子，她们的气质或若栀子般清新怡人或若百合般优雅绽放，唯独文俊不同，她似迎春"迎得春来非自足，百花千卉共芬芳"，又似一朵晚开的菊"不是花中偏爱菊，此花开尽更无花"，庆幸诗一样的文俊是我的好朋友。

四川美人余小白

余小白是川妹子，自诩聪明又善良，美丽还大方，是川美人的代表。

余小白是单眼皮，瓜子脸，美人尖在额头的中央，发往后梳，纹丝不乱，傍晚跑到我的房间送给我几个很大的苹果，放在高低铺的床沿儿上，说你好呀！我是余小白。

余小白是她家里的长女，幼时读书成绩良好，无奈家里姐妹众多境遇艰难，高中辍学外出打工。因年龄太小不能进工厂流水线，只得先到济南小姨的美发店里帮工。她经常要从店外去拎净水，北方冬天寒冷，余小白的手时有冻疮，她说："那时候不觉得累，也不觉得苦，只想着时间能再快一点过，年龄再长两岁，就可以换一个工作了。"毕竟出去可以多挣一些钱。

余小白的母亲姐妹也多，小姨比余小白大不了几岁，走出去人家都以为她俩是姐妹。可能是长女的原因，自小帮母亲打猪草、做早饭，余小白比同龄人懂事很多，小姨待她也好。认识余小白多年，她经常向我提起小姨对她的关照和爱护，离开济南后也时常挂念小姨的境况，遇到了他乡的特产，总是会寄给小姨尝。余小白是个懂得感恩的好姑娘，这在世故的人群中，显得传统而难得。

过了两年，余小白到餐厅应聘服务员。因为能吃苦，遇事不计较，很快得到了赏识，共事的经理另谋新职，问她要不要去苏州发展，工资每月多了两百块。余小白说，当时真不是为了什么发展，就是为了那200块钱，一年就是2400块，这可以多帮忙家里分担一些。由济南到苏州的路费不报销，余小白带着自己的铺盖和洗脸的铁盆，一路夜车站着到了苏州。多年以后和我说起这件事情时，她眼带泪光，低下头看自己的脚尖儿，哽咽着笑自己为了省几十块钱的卧铺费，上车时傍晚下车时天亮拖着肿胀的双腿走出车站的时候打了好几个趔趄，差点摔倒。

我在苏州和余小白合作时，她已经是楼面经理了。工作几年后的她处事稳妥，对服务员也多有照应，例会也开得明白，每每不等我问她就会提前告知当日营业的各种数据和具体情况，贴心而勤力。

年夜饭是餐厅的重头戏，下午两点余小白找我请假，说是要出去一个小时，给家里寄钱，我问她怎么选今天，她说母亲来电话催，说家里钱不够用肉都没买呢。看她急急地走，中途又给我打个电话来确认，说在银行外碰到陌生人要借她的卡用，还要她输入密码，问我能不能借，我立马反应过来，是骗子，让她报警。她说算了，还没有输入密码，不借就行了吧。回来后给我说，幸好你懂得多，不然可能被骗了钱，家里连年都过不了了。我看着她一头细汗，哭笑不得。

为人处世最能彰显一个人的心性。余小白待朋友也极为真心实意，但凡她认你是朋友便希望你能好，自己有一分也希望你有一分，对待朋友人前总是不吝赞美，有机会便极力推崇。遇到人家辜负了她，伤心一回便也罢了，并不会多说恶语。

余小白送我苹果的时候，我正在阳台上背日语单词，回头看了她一眼，觉得这姑娘模样俊俏、谦和有礼。

余小白工作很认真，我总是更喜欢认真些的姑娘，"万事不如意，认真破如竹"。凡事认真没有做不好的事情。餐厅的工作本就琐碎和繁杂，余小白倒是十年不变，直到升职为总监，只要工作时间呼她，对讲机里永远回答："好的，明白，收到。"对于余小白的执行力，我从未质疑。也真心感谢她在团队内做出的榜样和团队外做出的妥协。

余小白现在变成了双眼皮，总是眉眼含笑，越发耐看了。

我从他城重回苏州，余小白和王美人儿特地来接，几年不见，坐在车内讲话也并无疏离之感。

余小白喜欢吃蛋糕，高兴时说是庆祝，难过时说是安慰。元旦大家有事未得相见，节后邀了王美人儿和余小白到家里来吃饭，推门而进，一人抱着大束鲜花，一人拎着多层蛋糕，我诧异地问："谁都不生日呀？"余小白脱口而出，这么多年，唯有吃蛋糕不需要理由嘛！今天就算是愿大家在新年里都能有个新景象呗！一边解释一边在我狭小的公寓里左右打量着哪里能放下这个大蛋糕，不一会儿便又催促着要一起许个愿望。

烛光在灯光下发出橘红的光晕，我又想起余小白搬进宿舍的那个傍晚，推开门两手捧着几个大大的苹果，对着我说你好呀，我是余小白。

蜀地数千年孕育出的川人精神，"吃苦耐劳，达观友善"，在余小白的身上得到了很好的体现，我说你可能不是最美的川妹子，但是你展现了川妹子最美的一面。

同余小白说起往事，都忍俊不禁。余小白善良友好的性格，在熟人面前喜无遮掩大笑，笑完又问，有酒吗？来一杯。"数人世相逢，百年欢笑，能得几回又"，有幸相识，得此余小白，喜不自胜。

王美人儿

美人儿，可解释为，容貌美丽的人。古语有言："燕赵有佳人，美者颜如玉。"

我认识的这位姑娘，叫美人儿，她姓王。

美人儿是湖北人，小我九岁，同我相识十年有余，不知道这十年是否是我们彼此最好的时光，人生路漫漫其长可修兮，与美人儿相识的十年，亦是我职业道路修长的十年。

初相识，未曾谋面，那天美人儿休假。我接手新的项目管理，例会开完，管理人员仅剩的两名，其中一名是美人儿，还有一名在会后私信我，留下的条件是要求升职加薪。

见到美人儿，是第二天，记得我从办公室走出来时，她正在上楼梯，个子很高，梳着不长的马尾，穿黑色制服，她低头看路，我一眼认出，上前打招呼，请她到办公室坐下，我开门见山，询问她对接下来工作的看法，这关乎我人员编制和重新列岗。美人儿情绪平稳，并没有"传说"中的激动和不忿，她表达了她的想法，我对她选择留下表示感谢，是由衷的。她没有提出任何关于留下的条件和要求。

我和美人儿工作之外的话并不多，她大多数时间反应并不快，她身上最明显的特点是，对于人和事都能保留自己的看法，既不中庸亦不从众，我自己是个极具鲜明个性的人，喜欢有自己独立看法的姑娘，所以对于美人儿，工作之余，多了一层欣赏。

工作理顺之前，事无巨细。美人儿作为餐厅经理，有带大家开班前会的职责，我不放心，经常是经理例会讲过的内容，担心传达不到或者因理解偏差而传达失误，开完经理例会，我会赶在楼层班前会之前，等着美人儿开会，我站在队伍的后面，听美人儿在前面讲，为了不多占有服务员的时间，要求班前会在任何情况下不得超过十分钟。我看美人每次匆匆吃完员工餐，都会从西装口袋里掏出小本子，把需要说明和提醒的内容，写下来。有一次，大抵是会议内容要求不够清晰，导致美人儿没有完全理解，我听她说到一半止住了，探头一看她正在翻自己的本子，然后照着会议记录念了两句原话。我想，那一次，大多数同事也许没有听明白她要说什么，我站在队伍的后面，没有走到前方去纠正她，会后也没有提起过这件事情，心里却是满满的感动，我真心喜欢美人儿认真的风格。

管理的艺术在于沟通的技巧和真诚，即便我从业多年，也不敢说自己有什么沟通技巧。但是我相信真诚，相信执行的力量。我从美人儿的身上看到了一个年轻时候的自己，不懂的固然多，可是愿意做的却更多，只有在无数实践中才能验证我们的理论和要求，这比当场纠正更具说服力。

人员问题解决后，接踵而来的是业绩缺口，新旧交替，我急需业绩来证明投资人的选择是对的。可销售方案从推广到落地再反馈到报表，不会那么快，我掩饰不住焦虑。有一日例会后，美人儿主动和我说，她的姐姐也是酒店同行，且负责大客户销售多年，颇有心得。如果我愿意，她可以请姐姐过来沟通。我自然是乐意的，这是可遇不可求的共享同业大数据分析呀！美人儿为了照顾我的感受，特地散会后才说，我心存感激。

有了美人儿姐姐的帮忙和我们团队内部重复的推演，终于确认第一轮推广方案，报批后执行，效果不错。工作推进很顺利，同事们也都很配合。我自然知道，兵以将为首，美人儿作为经理以身作则积极热情的工作态度无形中影响着大家，美人儿对后来加入的同事们也都带领得很好，使大家融入很快，并无疏离之感。

项目业绩成倍地增长，在良性循环中，工作氛围越来越好，我和美人儿不觉中已然成了朋友。休假时会一起逛街，看电影。我有消费AA制的习惯，美人儿也未曾表达不适，这样的相处让我们更加亲近和友好。

聊得多了，得知美人儿喜欢画画，无奈学非所爱，大学肄业，出来工作。物以类聚，人以群分，美人儿和我，同爱阅读，有时候无意聊起一位作家，竟然都看过同一本著作，自然又多了些话题。美人儿爱安静，休息的时候，躲在宿舍房间里画画，我能看出，那素描的花朵和背影颇具功力。她和我说人生多遗憾，不是每个人都有幸恰好能做自己喜欢的事情，但是把事情做好，终究是根本和基础。我越发喜欢这样一位姑娘了，喜欢中又觉得她长得是真的好看，名副其实的一位美人儿。

时光流逝，我合同期满，去往他城。在此后的时间里，我们一直保持着沟通，不仅沟通工作，更多的是沟通生活和自身的变化。几年以后，我重回当年和美人儿相识的城市，美人儿亦在工作上给予了我更多的帮助和支持。

因着相同的喜好，有时和美人儿自两城出发，约好一处远足。如约而至，在酒店的阳台上和着月光，或夜话或共饮。不由得想起两句诗来，"天秋月又满，城阙夜千重"，这是唐代诗人戴叔伦的《客夜与故人偶集》，不同的是戴叔伦在旅途中的旅店偶遇旧识，感慨而书。我同美人儿则是故人两相邀，共话天与长。

贺小姐

贺小姐是我的同事。

同贺小姐认识，是在厦门。

贺小姐自上海至厦门工作，我只见了她一面，因项目筹备需要做市场调查，简单沟通后贺小姐被派往目标市场调研数据和其他制定性信息收集，一周回一次公司，汇报工作进展。

六月的厦门，明净湛蓝的天挂着几大朵静止不动的云。看似没有任何侵犯性的天气，只要人往外面走，立刻大汗淋漓。贺小姐回到公司的时候，差不多下午两点，她戴了一顶鸭舌帽，摘下来的时候，我感到她的头发在冒气，湿淋淋的刘海儿趴在她白净光滑的额头上睡午觉。贺小姐没有化妆，看上去了无生气。

直到开会前，贺小姐没有喝水也没有讲话。自己坐在那里整理信息记录，大概是原本手写的字迹不太清楚，装在包里又起了折皱。她朝同事借了两张白纸，在那里重新誊写。一下子，我便喜欢上了这位姑娘，谁说"90后"是垮掉的一代？谁说"90后"不能吃苦？眼前的这位贺小姐，认真的样子比许多"70后"都有过之而无不及。看着她，我有些感动。走

103

过去递了一瓶水给她，她抬起头朝我笑了笑，说没事。她有一口整齐洁白的牙齿，笑起来很好看，单眼皮的她一笑眼睛就眯成了一条缝儿，带着莫名的真诚和喜感，那几绺睡午觉的刘海儿有点醒了，在她的额头上蓬松了起来。

开会的时候，轮到贺小姐发言。她把刚誊写好的纸郑重地摆在面前，看了一眼大家。然后，低下头用手指着一行一行的信息和记录的数据，进行报告。偶尔抬头看一下大家，看得出来，她有一些紧张，或许是因为年龄，或许是因为场合，更或者是因为自己第一次做类似的工作，我看她极其认真又郑重的样子，完全被感动了。能想象一个小姑娘，在一个陌生的城市，陌生的环境，做一件陌生的事情，被一群陌生的人来检验和审核。她讲完了，冲着大家笑了笑，说了声谢谢。这时候我又看见她一口洁白的牙齿，她那双单眼皮的眼睛，又成了一条缝，这时候她额头上的刘海儿彻底睡醒了，哦，那是时下流行的空气刘海，配她光滑白净的额头，非常好看。

会后贺小姐便走了，她还有后半期的任务。这次会议，领导对她很满意，从结果可以看出过程，没有仔细认真的沟通和走访，是拿不到准确又丰富的数据统计的，我为她高兴。看着她戴上遮阳帽，推门而出的身影，像是一阵风。倏然间，心生欢喜。

相关的市场调查结束以后，贺小姐回到了公司正常上班。

她很喜欢穿裙子，因为人长得瘦，连衣裙穿在身上更显飘逸。有时候和贺小姐碰上了，简单聊几句，她总是笑着答话，温和有礼。

我离开厦门后，在杭州和苏州分别和贺小姐有工作交叉，彼此也熟悉了起来。

知道她毕业后先是在上海工作，她有很好的专业知识，空余时间喜欢阅读。所以聊起文学或者某一位文学大师来，她也熟知于心，每次说话，她都是极其认真的样子，还经常说出一些人生哲理来，虽是书中的金句，但也知道她是相信并认同才会脱口而出。

认真是成功的秘诀。一直工作认真的贺小姐升职了，开始接触基础的管理工作，职务宣布的时候，她脸红了一下，低头向大家道谢。

贺小姐开始忙碌了起来，工作内容的增加和临时开会总会产生加班。加班是一般人不愿意做的事情，即便不说亦是一脸的不情愿。贺小姐不同，她对于开会和加班都欣然地接受，从未流露出厌烦也未曾听她说过抱怨的话。贺小姐除了自己范围内的工作还会帮忙同事值班，值班是个枯燥的活儿，大家总有理由要出去，然后就会联系贺小姐，贺小姐每次都是用自己休息的时间来帮大家值班，酬劳是帮她带一份外卖。

有一天我看见她坐在前台吃外卖，乐不可支的样子。问她，她说这家的外卖特别好吃，同事知道她喜欢，还帮她加了一颗蛋。我看着她冲我笑的样子，依然是一口整齐洁白的牙齿，依然是眼睛眯成了一条缝儿，依然留着好看的空气刘海儿。

我转身走出去的时候，心里冒出一句话："祝福你贺小姐"。

陌上人如玉　抚琴公子昔

昔子是我只见过一次面的朋友。

她有一家客栈，兼售服装和饰品，她还养了一个女儿，管女儿叫听姐。她亦写书，为着喜欢和着迷。

"陌上人如玉，公子世无双"，阡陌之上，有如玉少女。公子翩然亦与世无双。昔子虽是有了听姐，但依然满满的少女感，她的少女感里多含娴静，人很瘦，喜穿中式长衫，外出授课常背古琴，在古镇的巷子里走着，自有一种翩然而至的公子洒脱之风。我亦称她为"公子昔"。

同昔子相识是因为住宿，我工作新旧交替，江南初夏落雨连绵，心情有些沉闷。小镇的客栈不多，大多客满，我看到一家"昔时光"的照片，在小镇的街上，一楼兼售服饰二楼住宿，房间有三。客栈的门侧是半面白墙，水粉的画，一位姑娘的背影，编着麻花辫，似曾相识。继续浏览，看到仍有一间空房，在线下单却屡次不成，照着联系方式打过去，是昔子接的，反复确认，方才订好。

入住之前又问了些停车的位置及步行抵达客栈的详细路线，还有晚上或早晨可以去哪里吃饭和镇上的物价及特产、手信之类的，对于只住一晚的客人来说，问题显得烦琐且细碎。昔子一一答复，语气没有起伏，对她，未曾谋面却已生好感。

江南的古镇，都有着类似的味道。我不止一次去过周庄，去看那幅曾拍出高价的油画中的周庄"双桥"原址，从开发前到开发后，周庄的万三蹄吃了多次，直到那里摩肩接踵。也去过乌镇，在它刚刚被拍完"似水年华"的时候，去看男主角文和爷爷住的那间旧宅，后来，黄磊老师由一个文艺男青年胖成典型的中年居家好男人。更去过西塘，西塘的清晨，阳光甚好，很多店铺还未开始营业，泛着青光的石板路，清晨的露水还未完全消失，偶尔有早起的阿婆背着背篓从镇外的田里归来，穿着黑色的雨鞋，系着自己做的蓝白相间的头巾，佝偻着腰，迎面走来。路过我的身旁，她抬头微微一笑，像极了我去世多年的奶奶，被击中的一刹那竟忘了回她一个微笑，直到耳边传来她推开家门的那一声"咯吱"，连同背影，消失在晨曦的光里。

江南的古镇大多相同，角里却不一样。这是我到了角里以后才知道的。角里，是镇上的原住民和常住镇上的店主们对它的称呼，这个称呼显得自然、亲切。

我到角里的时候，是下午，夕阳有些无力，连接下了几天的雨，石板路被浸润出旧时的光来，我按照昔子确认的路线，找到了那家画着水粉画的客栈，叫"昔时光"。推门进去，惊觉门口挂着几只小铃铛，是那种早期出现在丽江的铜铃铛，声音清脆悦耳，不像一些工业化的电铃，声音发出来会有突兀之感。

我进去的时候，昔子正抱着听姐踱步，她转身的时候看到了我，我们几乎同时认出了对方。她有一头乌黑的发，刚洗过，发尖长抵脚踝处。戴一副黑框眼睛，眼眶有些大，显得本来就很小的脸，越发地小了。皮肤很好，表情有些清冷，她不大笑，语气依旧没有起伏。她指引我上楼，并告知她和听姐住在楼下的大房间，楼梯是木的，狭小而逼仄。但是我的房间里有一扇窗，推开可以看见镇外的远山和近处的人家，我瞅见街道对面

107

的那一家阳台上用废弃的痰盂和不见了手柄的铁锅种的蒜苗和芦荟。

放下随身携带的简单行李我下楼，这时候才注意到，楼梯的一侧装有暖光的射灯，有几层书架，书应该是私藏，偏文艺且小众。亦有小幅的水粉画，蓝色或者浅绿色。我下到楼下来，和昔子确定晚归的时间，一楼有其他客人，她也没有过分热情，依旧抱着听姐蹀小步。

我走出来，先去吃了一碗面，江南人亦爱食面，面的种类很多，重在浇头和汤底。角里的物价并不高，还住着许多原住民。临街的店铺也多以手作为主，我买了一对白瓷的少年像，穿海魂衫，店家还附赠粘在车上的底蜡，温馨而贴心。角里不大，游人很少，遇到三五成群的学生是下了课坐公交车过来的。他们也只是低声低着头在喜欢的铺子里逗留，并不喧哗，角里像昔子的书里记录的那样，安静、祥和。

按照客栈的客归时间，我回来了。因为有宝宝需要早休息，我想她应该不会太快过来开门，按了一下铃，后退到台阶下等待昔子出来。没有几分钟，她披了一件长的外套来开门，长发已经束起，我说了声谢谢，便上了楼。

次日退房时，我在一楼和昔子打了招呼，她嘴角上扬，淡淡地说了声，再见。我走出昔时光的玻璃门，身后又响起那几只铜铃的声音。

回到苏州后，因项目要求，我开始忘却时间地加班。和昔子的联系不过就是在朋友圈里。

过了大半年吧，工作节奏慢了一些。我记得在这半年里昔子关了店门，开了一间琴室。听姐在长大，昔子想给她更多的陪伴，开店打理，所费精力颇巨。

有一天，同昔子在微信上聊天，她说，琴室选在角里的一角，那里足够静，光照也够。她还说不怎么去客栈的那条巷子了。易手他人，换了门面，朋友画在墙上的水粉也换成了调料的招牌。想起在那里遇见过的人和事，恍若换了一种人生。

昔子的衣服饰物还在。"昔时光"有很多追随者，同城或异域，大多不曾见过昔子。昔子说，一件很好的衣服，被人选中，买了去，穿在身上，人还是人，衣服还是那件衣服。有时候，一件衣服被人选中，买了去，穿在身上，让人觉得这件衣服就是为她而生的呀，衣服服帖地在她身上，有了生命，露出衣服应该有的样子。遇到前者，她会为衣服而难过，若是后者，她便会为衣服感到开心。那开心里像是自己养的孩子终于遇到了良人一般。

我在昔子的店里选过一件淡蓝色碎花的半立领改良长衫，过了水，穿在身上，拍照发给她看，她回，就应该是这一件，就是这个颜色，都对。

昔子弹古琴，家里有两只猫陪着，一只叫欢喜，一只叫欢乐。

嵇康也弹古琴，广陵散。我向昔子讨教琴曲，她发给我一些空灵绝响，好听，但不懂。过几日，她又发来几首入门的，一同附上出处和介绍。

在后来的几年里，我又去过几次角里。有时候和朋友一起，有时候傍晚赶去课植园听一场实景版的《牡丹亭》。没有特地约过昔子，有一日的午后，在巷子里逛，不经意走到昔子新开的琴室面前。春节期间，昔子回了老家，我在琴室外驻足很久，才舍得离去。

我们的一生，会遇到千千万万的人。我于千千万万的人当中，遇到了昔子，从旧时光里走出来的伊人，她写字，亦抚琴；修古书，亦着新衣。

我视昔子是一位故人，故人不常见，斯人未相忘。

卖书的人

因自小爱看书，所以对生活过的每个城市里的书店都极为熟悉。

刚实习的时候，每个月的实习工资很低。我总是在书店里先看好了价格，等发了工资，第一时间去买。书店每个月都会推出新书，一张海报提前贴在门外的墙上，遇上喜欢的作者，会一再和书店的老板确认，新书来了以后，一定要帮我留一本，我发了工资一定会买的。书店老板一般都慈眉善目，笑着答应我。

后来知道，城市里都会有一个叫书市的地方。市场上专门批发书籍，书店一家挨着一家。我挨着逛过去，新奇地发现这里的书都是打折的，我便改为每个月去一次书市，因为同样的价格可以买到更多的书。这里的老板应付的是来批发书籍的书店老板，对于零星散客，不是太热情，折扣也比他们高一些，我逛久了以后便会发现，跟在书店老板的身后，恰好他拿的书和我要买的是同一本，那么我便央求老板以同样的价格卖给我，有时会成功，我付了钱，会向老板多谢几声。

城市里还会有旧书市场，通常和古玩一类的摆在一起。我也去淘过几次。买回来的书，内页大多泛黄，偶尔还有原主人的名字和笔记在里面。看书的时候像是窥探了别人的秘密。卖旧书的老板，价格看起来是按心情定的，选好了书，问他多少钱，他通常拿过来在手里翻翻，想一下再报个价格出来。觉得贵了还可以讲价，有时候老板不肯便宜，就随便再选一本过期的期刊，算是赠品。

哈利·波特大热的时候，下了班经过热闹的夜市，有推三轮车的卖书人，用极低的价格售卖最近更新的一册，尽管知道这是盗版书，印刷质量粗糙，还会有错别字，但是为了能花最少的钱看最新的故事，权衡再三，还是买下来。看完以后对作者怀有愧疚感，因为盗版书没有版税等于作者没有收入，像是偷来的，又怕里面的故事和正版讲的不一样，觉得很不划算，便再也没有买过。

工作转正收入也跟着增加了。这时候突然发现城市里的图书馆是可以借书的，每年以固定的价格办一张借书证，这样又在图书馆里看了很多书。去外面买的也只有每个月一期的期刊了。

书店里的期刊不一定全而且更新慢，最快的是街上的书报亭。报纸是每天更新的，期刊也是很早便到。当然每一个书报亭侧重售卖的期刊风格都不一样。我每个月必买的是《女友》《小小说》《微型小说》，偶尔会买《读者》《青年文摘》《深圳青年》。在一个固定的报亭买杂志，有时候遇到有事买得晚了，报亭的阿姨还从很多的报纸下面找出来一本给我，说是专门给我留的，我便很开心，顺便再买一份当天的都市报，算是感谢老板的有心。休假的日子里不去图书馆会在报刊亭逗留，不赶时间，买了自己要买的，还可以翻翻看那些价格比较高的时尚杂志。它们都是用很厚的铜版纸印刷的，而且每一张都是彩色印刷，翻着听声音都带有质感。毕竟是不买的，又怕老板嫌弃，便一边翻一边和阿姨拉家常，兴致来了，阿姨还和我八卦一下最近大热的明星绯闻，说完了我和她哈哈大笑，道完谢，把价高的杂志还给阿姨，看见她立马收起来装进透明的玻璃纸做的袋子里，用一个很大的长尾夹挂在窗户上，这样的杂志，能随便翻翻，也是要看缘分的。

要去上海工作了，买杂志的时候，特地和阿姨告别。阿姨从亭子的窗户里探出头来，热情地介绍说，上海哪些报纸办得好，让我有机会买来看看。

在上海工作期间，住在梅陇镇后面的石库门老房子里。每天出来坐地铁之前都会到固定的报刊店买《新民晚报》，店主也是一位阿姨，我每次付完钱，她都会对我说声谢谢，这让我感动不已。

30岁的时候，我选了一个小城买了一套两居室的房，会在休假时住。也会到小城的报刊亭去买月刊。报刊亭在商场的门口，每次都是购物结束出来买，阿姨看我手里拎着东西，会帮我把期刊卷起来放进购物的袋子里，我看着她说声谢谢，她每次都夸我有礼貌，还说爱看书的姑娘都懂事儿。有一次休假隔得久了，再去买期刊，是阿姨老公在。我付完钱的时候，阿姨从亭子里站起来，将身体探出，向我问好。原来她一直蹲在亭子里做晚饭，听到我的声音，特地起来打招呼。这让我在一个陌生的城市里感到亲人般的温暖。

我曾在年少时，为了南上感知大城市的好，毅然放弃了已经奋斗得还不错的工作。为了轻装简行，出发前把工作七年间所买的书籍，挑了一些放回家中，大多数期刊和剪报都卖给了收旧书的人。那位老者在清点我的书籍时，没有按斤收，是按每本多少钱收的。他看着几百册的报刊和几箱剪报，满是赞赏地把钱付给我，嘴里说："你是个好姑娘，这次南上一定会有所收获，就冲你看了这么多书，还把它们保存得这样好，我相信你。"

读书的路上，我遇到过良师。买书的路上，我遇到过善良。卖书的时候，我感到了支持。普希金说："人的影响短暂而微弱，书的影响则广泛而深远。"是的，但是卖书人的影响如同书一般，对我的影响一样深远，我永远记得并且感谢他们。

谢谢你相信我

慧打通了我的电话，她声音听起来有点激动。一个劲地说："刘经理，我问了好多人才知道你的电话号码，终于打通了，谢谢你！"

慧是我十多年前的同事。虽然好久不见，但听到她的声音我还是准确地叫出了她的名字。她又是很激动，说没想到你还能听出来我的声音。

我记得她。那年我从深圳到苏州工作，慧的年龄还很小，她是山东人，家乡和江苏交界，跟着表姐来苏州打工，表姐进了工厂，她不喜欢流水线作业，出来自己找工作，我到餐厅的时候，她已经在这里做了半年服务员了，因为踏实肯干，是一名小组长，负责统计大家的考勤和销售。

慧留着短发，有点像男孩子。她走起路来有点驼背，但是做事认真，肯吃苦，为了统计不出错，我看她经常一个人在一楼加班，每个月各组交上来的数据，她很少出错。慧长得很好看，只是总低着头，显得很腼腆。

她在电话里说："刘经理，我就是想给你说声谢谢！谢谢你曾经相信过我，你说，我相信你，你就更应该相信自己。"电话里得知慧已成家并且有了自己的孩子，因为要照顾家庭，她去了厂里工作，这几年遇到过很多事情，有时候她经常想起我给她说过的话，慧说，想起你说过相信我，心情就会好很多，也会更加相信自己，一切都会过去的，一切都会更好的。

慧挂断了电话，她没有说这几年具体遇到了什么样的事情，我感到她挂断电话的时候，很是愉快。

我已经忘了在什么样的情况下给慧说过这样的话。但是，我一直记得，我的前辈也曾经给我说过这样的话。他们说："我相信你，你也应该相信自己。"

时光穿梭回到我做实习生的时候，因为讲话直接，难免会得罪客人，有一次被客人投诉，正好副总经过，她听了客人的投诉，不问缘由地把我叫到办公室，狠狠地批评了一顿。我当时并不认同"客人永远是对的"这样的服务宗旨，要不是老师说情，我估计会被单位劝退。我一个人在拖把间哭得上气不接下气，我的师傅走过来，她拍拍我的肩膀说："我相信你，你也应该相信自己。"我抬起头看着她，她接着说："但是，你没错并不代表就是正确的，我们是服务行业，不能赢了官司输了生意。"我当时并不是太懂这句话的意思，只是师傅说相信我，我心里便好受了很多，也不感到那么委屈了。从拖把间出来，一众的师傅（比我早入职的同事一律称为师傅）过来安慰我，说没事的，我们都相信你。从那以后，我对"服务员"这个职业有了新的认识，并且很感谢那些尊重服务工作的客人。

随着工作时间的增加，我也被实习生称为"师傅""经理"，看到他们如同看到了当年的自己，所以当他们因表达有误造成客人的误解和损失时，我都会说："我相信你，你也应该相信自己。"挨了骂和赔了钱的他们事后都能想明白。也有很多小姑娘会因此感谢我。我也知道，这不过是照着师傅当年教我的样子再教给他们罢了。

只是一句平常的话，让慧记得这么多年。我也记得，前辈们给我讲过这样的话，正是他们这样讲，让我在此后20多年的职业生涯里，一次一次地度过至暗时刻，因为相信，让我步履不停，一直向前。

谢谢你，谢谢你相信我。

白木深沉香红

一花一菩提，一叶一婆娑。

物其所用泛而广，境而深，一如识人。白木味辛、苦，性微凉。入药即可行气止痛，纳气平喘。我喜文，拜的老师，名为沉香红，作家，作品结集成册有四。

老师几年前在单位应征报名，深入非洲作业。那里有疟疾，有狂蟒，壮年后生且多畏惧而后退，她，欣然前往，不听规劝。归来时，瘦且黑，唯携作品 20 万余字。受邀分享，非洲夜里的冷风和不知名的巨响，避而不谈，人们听到的是那里的天蓝、云淡，听到的是孩子们的明眸善睐，以及年轻的人们对未来的希冀。

白木喜山地、丘陵和疏林，树冠可高至 15 米。幼时柔毛脱落，叶革质，侧脉状尖。

老师回来后，辞去聘职，毅然转身。关于流言，她只声未辩。她知道，那些数得清的烈日和数不清的深夜，伏案书写的，无一不是心语无一不是锗言。她低首请求当地人教她语言，把自己不多的薪水支付他们，凡是能汲取的，她从不计较价格。她痴迷自己的文学梦想，至于诽谤和苦难，不过是过耳的闲言和青春的勋章。世界没有辜负这个姑娘，她成了。在朝阳下窗明几净的办公室里，她审阅万千来稿，深读那些文字，仿佛那是无数个曾经的自己。大学请她去演讲，话毕，掌声雷动。她站在舞台的中央，把内心的文字和她澄明的世界，向更多的人们宣扬。

白木开花，芳香。黄绿色，多朵簇成伞，花萼倒立如钟，似能敲出课铃声。

老师教写作，不敷衍，不媚行。当堂改文，朝夕督促。恍惚间仿佛屏幕外站着的是一位辈长且多书的老者，眉头紧蹙，胡须花白。你危坐于屏幕后，细汗密出。不一会儿，她又向你详询是否听课不足，又是否释义不清，让你懂得，那是老师在照拂你的薄面，怕你学艺不精，囫囵放弃。闻得师言，便重新起念对面一定是位仙女在撒花，能使得人内心余香缭绕，思路清晰无比。

白木味苦，善补心肾。

学了半年，写成一篇小文，呈与师阅，心戚戚然。老师一眼入尽，不吝赞美，开口便猜中你改了许多回。欠缺之处，老师又指正说明，握手改补。推荐，发表，后告知天下，这是我的学生，写得好。好风凭借力，送我上青云。关于你当初不分文体，不辨层次，不知转折亦不明修饰的糊涂往事，早已落入老师口袋，忘于她的浅笑之间。

白木深，香沉，万物风华。文字成于文章中，行行可见写者如斯，师者，不舍昼夜，学生铭记于心，授我之学，学而相往，老师沉香红。

全世界最美的刘大美

大美从沈阳飞来苏州的时候，我到机场去接它，那天下着小雨，机场提货处冷冷清清，我按照工作人员的指示走了很长的路，才找到提货点。在它来之前我已经帮它取好了名字，叫刘松梓，梓是按照家里的子侄排辈，昵称松松，后来因为长得实在好看，又叫了刘大美。刘松梓便只是在狗证上的名字了。

当工作人员把大美转交给我的时候，它装在一只笼子里，显得很小，有雨水淋在了身上，湿漉漉的。我接过来叫了它一声，它抬头看了看我，从笼子里伸出了小手，我握住它小手的那一刹那，便产生了一种奇妙的心灵感应，我们将是最好的朋友，我无比坚信。

带着大美去吃饭，我给它倒了水，它很快喝完，把水喝完以后的大美仰起头来朝我微笑了一下。

回到苏州后，我把大美放在客厅，晚上我睡觉的时候，它便在客厅里叫，我以为它是饿了，出来给它加粮，又给它换了水，结果还是叫，直到把它拎到房间里，它才乖乖睡觉。哦！我明白了，原来是自己待着害怕，要和我在一个房间才安全。

在家待了三天，大美基本适应了客厅的情况，我下班回来，它便跑过来问好，伸出手来给我握着，又在客厅里表演它的速度和激情，从阳台到门口跑来跑去，直到我说知道了、看到了，它才会停下来。

抱着大美去宠物店打疫苗，它自己跳下来跑进草丛，草长得比它还高，跳进跳出的身影在我的视线里跳跃，既活泼又可爱。

宠物店的静老板对大美很好，义务教它用厕纸和与人沟通，大美学得很快，回家后便知道每天上班前和我告别，下班后又热情地摇着尾巴来迎接我回来。

大美2岁，我因工作需要经常出差，大美便寄养到宠物店，每次我来接它，它都异常兴奋，直接扑到我的面前来，摇着尾巴，似乎和我说："总算回来了，快，一起回家吧。"牵了绳子，它便扯着绳子往外走，我一打开车门，它便直接跳上车去。

3岁的时候，我发现大美出现了严重的泪痕，用了一段时间的药也不见好转，约了宠物店的静老板一起带大美去看医生，为了疏通泪腺，医生给大美打了麻药，右手也被剃了毛插上输液管，看见大美闭着眼睛趴在手术台上，我的眼泪哗哗地往下掉，医生和静老板一起安慰说："这是小手术，甚至连手术也算不上，不用太难过。"术后的大美麻药还没有过，拔了输液管的它迷糊地从手术台上坐起来，左顾右盼，直到我紧紧地抱着它给它说，不要怕，不要怕，它才安静下来。

我离开苏州工作的那两年，在千里之外的他城，大美已经是成犬了，航空托运会有风险，所以我开车来回，从傍晚开到天亮，车上装着我全部的生活用品和大美，凌晨两点停在服务区休息，大美便在车上精神抖擞地站着，有人走过来，它立马大声狂吠，吓得对方赶紧跑远了。我被它叫醒，带它下来放风，月光皎洁，马路上寂静无声，大美走两步便回头看看我，仿佛说，你不要怕，我能赶走坏人，护你周全，和它目光相对，我内心感到踏实和温暖，这是大美给我的安全感。

工作结束回到苏州后，我又开始新的加班模式，无暇顾及大美，只好把它寄存在静老板的店里，一周之后，静老板给我打电话说大美精神萎靡，食欲不振，我开玩笑说是不是想我了，等我回来就好了。静老板给大美吃它平常喜欢吃的罐头，它闻闻就走开了，静老板又把一只猫放在大美的面前，最爱和猫打闹的大美连眼皮都没抬，一动不动地卧在那里，见情况不对，静老板直接带着大美去医院做检查，拍了片子，发现大美是生了骨刺，严重的两处已经压迫到神经，导致它腿痛无比，所以才表现出不爱吃饭的样子。

静老板给我打电话的时候，我正在开车，把车停在路边，听完大美的病情，泪如雨下，我觉得是我没有照顾好它，不善表达的大美是经受了多大的委屈和疼痛才开始不爱吃饭的，自责和愧疚让我在车里哭了很久，直到有人大声鸣笛我才发现车停得不对，挡住了路。

大美的手术存在一定风险，但不进行手术就无法改善它的生命质量，权衡再三，我决定给它做手术，如果它因为手术瘫痪我就给它去做行动支架，如果手术失败我就给它选址立碑，没有质量的生命我是不要的，大美和我一起生活了6年，我想它会认同我对生命的解读，也能理解我对它做出的决定。

静老板从大美一岁开始就帮它洗澡和其他护理，六年间宠物店从一家开成了连锁，对大美一直视如己出，厚爱有加，关于大美手术的事情，静老板劝我慎重，因为除了手术风险，手术费用也是一大笔开支，而且手术还要到上海去做。我说决定了，大美对我无条件地信任，我就要对它无条件地治疗。为了让我和大美都免予奔波，一夜之间，静老板动用所有的资源帮我在苏州找到一位能做此手术的医生，又帮我去和医生谈了手术费的优惠，我感激无比。因为工作原因，我无法回到苏州陪大美做手术，静老板帮我签了手术风险书，又陪着大美做完了手术，术后观察期静老板和店里的葛平姐姐每天都去看大美，等我工作结束去医院接大美回家的时候，医院的护士非要我出示相关证明才能接大美出院。

大美的手术很成功，经过医生和护士的精心照看，大美恢复得很好，看到我的时候，它眼里有了久违的欣喜和湿润的光，护士说："大美看你的眼神，就能确定是主人。"

把大美接回家，一起住了一个月，因为不用打卡出勤，我每天都带着大美去楼下公园逛一个小时，大美可以在公园里晒太阳，可以和小草做朋友，心情好极了。带它去静老板店里洗澡的时候，上秤一称，重了整整8斤，静老板看见说，还是亲主人养得好，毛色有了光泽，大美眼里也有了笑意。

今年大美7岁了，是一只中年犬了。在大美成长的7年里，它感受到了世间的暖和爱，很多热爱动物的人都给过它无数赞美，很多从事动物日常护理和动物医护的工作人员，都给了它最大的关心和爱护，我想，大美一定在心里无数次感谢过她们。我也感谢大美7年来的陪伴和信任，以后的时间里我们还要一起走下去，带着我们对这个世界的纯善和友爱，因为大美是世界上最美的刘大美。

第四辑　故乡和故乡之外的地方

少年的沙滩

我的整个童年、少年时期都生活在农村。北张里村，是我的故乡。

村子不大，大人们习惯把它分为，前街、后街、村北头、村西头，同学大云家在东街岗子上的胡同里，简称岗上，村中心是村支部的所在地，中间一大块的空地是进村后通往各个方向的入口，叫"大队那里"。

从记事儿起，奶奶便年纪很大了，大家的奶奶好像都很年迈。但要论起辈分来又有成家的中年人喊我姑姑，村子不大，细算算大多都是三服内的近亲，五服以外的，都不怎么走动了。赶上谁家的儿子娶媳妇，半个村子的妇女都去帮忙，各自带着菜刀剁馅儿，包饺子。那一院子的笑声传得很远。平常不多见的妯娌姐们互相寒暄着，穿了一件大红的上衣都能被说上好几天，还没过门的媳妇，早被人们打听清楚了祖上阴德，连人家姑娘总共相了哪几个村的小子都能拿出来讲得头头是道。

这些我们年轻人是不屑的。总觉得妇人舌长，我们年轻人耳朵生厌。

其实，年轻的我们也不过是半大的孩子，作文也就能写 500 字的样子。大多时候以"少年"自居，总是豪气冲天。

村子很小，几个路口也都站满了晒太阳的老头。他们好似整个冬天

122

都站在那里，人少时就晒太阳，人多时就谈天说地。他们也谈论孩子，我们从他们身边经过，总是加快脚步，低着头过去。背后还是能听到他们说，这是谁谁家的孩子，有十几岁了吧，生她的那年，满月请客，她爷爷还喝多了。

我们几个要好的，家都不住在一条街上。我家住后街中间，大云家在岗上，李娇家还得穿过那个大爷们最多的路口，张彩联家在村东头，紧挨着河滩沙地。

每次都是大云来找我，在我家门口一喊，我便跑出来了，然后挽着她的胳膊，去李娇家。李娇不在家，她母亲隔着墙都能听出来我的声音，大声地回着，她去姥姥家了。我们又从那个大爷们最多的路口返回，往前走到李娇的外婆家。还没到胡同口，几个奶奶就认出了我们，说，又是这几个姑娘，一到礼拜六就几条街乱窜，我和大云相视一笑，齐声冲着李娇外婆家喊起她来，李娇外婆听到了，催促她，快走吧，叫你呢，不知道要去哪里疯。李娇总是磨磨叽叽，在饭桌上咽下最后一口馒头才站起来，喝了两口稀饭，又问她外婆围巾放到哪里了，我是等不及的，瞪着白眼仁儿让她快点。

三个人凑齐了，搭着肩，开始唱歌，当时的流行歌曲我们都会，一首接着一首，只唱高潮部分。听得那些奶奶们面面相觑，李娇外婆跟在身后走出来，笑着向她们解释，出去玩了，又要到河滩上去，那里没人，几个疯丫头去唱吧。我们听见一起回头冲奶奶们笑了起来。走到张彩联家的时候，已经唱累了。她们都不吭声，还是我喊门，只一声，她母亲就听到了，一样即刻听出我的声音来，彩联妈妈是个急性子，在院子里叫着彩联说："你快点吧，都集合好了，你动作慢，一会儿出去挨骂。"

集合好了的我们，从张彩联家往前走就是村外的河滩了。

这里原是有一条河流经过，叫"河套"，是黄河一条遥远的分支。几年干旱，水没有了。大片的河床露出来，荆条的灌木丛，恣意地生长。偶有下雨积水的洼地，把草都泡绿了。沙滩的上方是村子里的防护堤，我们站在堤坝上，商量着今天往左走还是往右走。不知谁提了一声说，荆条密集处的对面是无极县。哦！这可是另外一个县城的领地了呢，应该去看看吧，怀着偷窥天机的心理，我们一起往荆条林的方向走去。

到了河滩的中央，我们已经没有方向感了。每人捡了一条干树枝，在沙土上画着自己的名字，有时候也写下喜欢的格言。李娇走在前面，看到了一只躺着的鸟。她尖叫起来，我们围过去用树枝把它翻过来，发现已经死了多日，眼睛凹陷得看不见了，只剩下黑亮的眼眶在羽毛间低垂着。我们开始猜测它的死因，被狩猎、被饿死或是被抛弃？哪一种都让少年的我们深深地伤感。河滩上有风，举目四望，旁边有几个小小残损的贝壳。我们四散开来，各自弯腰捡着石子和贝壳，要给这只鸟盖一所房子，石子是不够的，我们又寻了几块大一些的石头和半截的砖头来，总算垒起来了。李娇捧着那只鸟，小心翼翼地放进我们盖好的"房子"里，最后大家用枯枝和干草把房门也堵上，只留一个很小的口，说是怕同伴回来找它，它错过了呼唤。

安置好这只鸟时，夕阳已经西斜。我们还没有走到丛林的尽头。大家觉得今天是过不去了，又不甘心，便站在丛林的这面憧憬起对面的无极县城来。可能还没有我们县城大吧，那里也没有走出过什么名人，大唐名相魏征可是我们这里的先祖。还有我们县盛产鸭梨，当年那可是作为贡品进京的。我们互相鼓着气，消磨着没有走到丛林对面的遗憾，我们开始往村子的方向返回了。

走到堤坝的下面，我们才知道，今天走的是横线，张彩联家的院墙是我们的导向坐标，横着走回来，看见她家的烟囱已经开始冒烟了。回来的路上我们默默无语，路口的大爷和站在门口的奶奶们都已经不见了，大家各自归家。

晚饭时，大人们都会习惯性地问一句，今天又去河滩了吗？又是你们几个一起吗？我们也都低头不答。他们还以为我们今天生气了呢！又大概知道隔夜便会和好，所以也不必劝。

初一开始我们到十几里外的镇上去读书。我和大云分在一个班。周五的最后一个课间，我会和李娇、张彩联约好，放学后一起回家。但是我们很少去河滩了，也再没有聊起过那只鸟。

多年以后我回老家，到彩联家找她，她的两个弟弟都已经成家，房子也早已翻新。彩联妈妈看见我，像是自家闺女那样，站在院子里满脸堆笑地对我说："想你了，你们几个好多年没有一起去河滩疯了吧。刚才你走在街上，还没有喊彩联的时候，我便听到是你来了，真是想你们几个了。"

李娇嫁在了离县城很近的村子，大云生活在省城，彩联远在长沙，我随父母搬离村庄后几年都难得回来，听见彩联妈妈这样讲，年少的往事阵阵袭来，我的心里一阵失落，低下头，湿了眼眶。

消失的菜地

暑假回老家，我跟母亲说，想去菜地看一下。

母亲听见就笑了，回头给我说："你怎么想起去看菜地，那里已经被划为宅基地，盖上了房子，没有菜地了。"

我听到母亲说菜地没有了，心里怅然失落了起来。

因为父母早在城里居住了几十年，我每次回家都是回城里。有时候，即便提出来回农村老家看看，也会被母亲阻止，说是不经常回去，院子和屋子都没有收拾。这次还是因为城里的房子拆迁，母亲又不肯花钱租房住，才回了农村老家，我趁着年假，便回来了。

村子里的人很少，不像以前每到做饭的时候，我们在街上玩儿，都能看见半条街的人家烟囱里冒出的炊烟，不一会儿，各家的大人便在院子里喊着各自的孩子回家吃饭。

母亲虽然说菜地没有了，但我还是决定去看看。母亲也放下手里的活儿，拍了拍衣服说："走，我跟你一起去。"

我挽着母亲的胳膊，以前总觉得母亲很高，这时才发现，我平视着能看见母亲的头顶以及她的白发。童年的午后，母亲会拿着剪刀叫我帮她剪掉偶尔长出来的一根白发，如今，母亲的白发是一丛一丛的，弟弟婚后有了孩子，每天帮忙带孙女的母亲，连染发都很少去了。

母亲见我瞅着她，大抵猜出了什么，尴尬地用手摸了摸自己的头发说，老了，早就老了，头发都白完了。

以前去菜地摘菜的大多是我，母亲见厨房里没有菜了便会说："丽，你去地里摘一把豆角回来，顺便看看黄瓜熟了没有。"摘菜我是喜欢的。

农村的菜地，一家挨着一家，放眼望去，搭架子的是黄瓜，那脆嫩嫩的黄瓜花翘起来像是长在了一根根翠绿的辫子上，西红柿开的是红色的花，不过结出来的西红柿有粉色的和红色的，品种不同，味道也不同，我喜欢粉红的，又甜又沙。如果是清晨，菜叶上的露水还在，那一颗颗晶莹剔透的露珠，折射出太阳五彩斑斓的光，菜地便成了天堂，圆嘟嘟紫色的茄子，垂柳式长长的豆角，红彤彤的西红柿对着人笑，仿佛说，我是甜的，你来摘我呀，你来摘我呀。

菜地里有很多蝴蝶飞来飞去，那黑色的翅膀扇动着，镶了金边，好看极了。我放下篮子，先是追着蝴蝶，然后又看见了瓢虫，瓢虫虽小可是爬得很快，一下没捏住，它就跑到叶子的背面去了，躲着不动，让你以为它飞走了呢。

玩够了，才开始摘菜，有时候我专摘些丑的，弯曲的豆角，被臭大姐叮过的西红柿，两个长在一起的茄子，还有停止发育了的黄瓜。等母亲炒菜的时候，发现这些歪瓜裂枣的蔬菜都不能单独下锅，索性一起炖一锅蔬菜汤，又下一点细面条，一家人就着馒头吃，简直是人间美味。

我中学毕业，母亲在城里盘了一个很小的便利店，靠着这个便利店的微薄利润供我们姐妹几个上学读书，妹妹中学三年，和母亲住在便利店的货架后面，母亲用废弃的纸箱搭了一张简易的床，后来三舅妈见我住校回来实在没有地方住，便主动借钱给母亲，怂恿母亲买下一套二手的商品房，我们才在城里正式安家了。

那几年，母亲一天的菜就是半颗水煮白菜，舍不得炒菜和吃肉的母亲，总是说，白菜不上火，白菜好吃。

很多年以后我回家和母亲一同外出买菜，市场上有新下来的大白菜，水嫩水嫩的，我弯下腰问多少钱一斤，母亲拉着我说："不买白菜，今天去买肉，给你包饺子。"我想母亲也一定是不喜欢吃白菜的，只是，我们那时都还年幼，花钱的地方很多，在城里生活自己不再种菜，白菜是价格最低的菜之一。母亲在经营便利店的那几年，为我们攒下了一套房子，让我们在城里有了家。那是母亲对我们最深沉的爱。

和母亲并排走着，眼前高大明亮的房子让我误以为菜地还在后面。母亲说，这里便是以前的菜地了，农村改革，成长起来的年轻人要结婚，宅基地在扩大。这里被征用了，村里也按政策补了钱。

心里涌出一股说不清楚的情绪，沧海桑田，不过几十年的事。那块消失的菜地，有我太多美好的回忆，我向妈妈讨教了蔬菜面条汤的做法，就当我对它最好的纪念吧！

晒衣

　　每年七月的大暑，太阳最是晴好的时候，母亲总是会把冬被、冬衣，包括母亲年轻时绣好的枕套一并拿出来晒。

　　早上起来，母亲看着明晃晃的日头，自言自语地说："今天可以晒被子了。"她先是把平常上了锁的柜子打开，放着冬被的红漆柜子是母亲出嫁时的嫁妆，柜子里大多放的是几床新做的棉被和家里人过冬的棉衣。

　　母亲打开一个立式的衣柜，那是妹妹小时候母亲在集市上买回来的。立式的衣柜里一半可以挂衣服，另一半是几个宽大的抽屉，可以放毛裤或者裤子，立式衣柜不怎么上锁的，柜门中间镶着一块儿长形的镜子，镜子外面母亲做了一层布帘，是用了一块粉红色的布头，和原木色的衣柜并不相衬。我喜欢粉色，立式衣柜又是放在我和妹妹睡觉的屋子里，这样就有一种这个衣柜归我独有的错觉。它上锁的时候我就照镜子，不上锁的时候我就把里面的东西拿出来看，有母亲年轻时绣下的一对枕套，一块是鸳鸯戏水，一块是喜上眉梢。这对枕套从来没有见母亲用过，现在拿出来看样式已经有些老旧了。我把枕套看了又看，看完以后叠好放回去，又拿出来几件围嘴和肚兜，一看就是我小时候人家送的，崭新的，没有用过。这些

129

小小的东西比我的胳膊还短，我把它们放在我的身上比画，显得可爱又滑稽，自己笑一会儿也就放回去了。

母亲晒衣服以前，总会把院子里的晾衣绳细心地擦一遍，然后在午饭前把要晒的冬被、冬衣以及平常不穿的衣服等拿出来挂在绳子上。冬被又大又厚，母亲总是先把被子卷起来，踮着脚甩在绳子上，然后再铺开。有时候喊我帮忙，我最是喜欢了，同母亲拉开厚厚的棉被，棉被不管是什么颜色的面儿，里子都是一样的白色棉布，晒被子的时候都是里子朝外，我拉起被子来把自己卷在里面，深深地闻着新被子的味道，那味道里有去年阳光的味道，也有今年木头柜子的味道，还有母亲做被子时我光着脚丫在上面踩呀踩的味道。

要晒的东西都晒完了，母亲便开始做午饭。我看见母亲不曾穿过的大衣也在绳子上，便跑去问母亲，怎么没见过你穿这件衣服呢，母亲总是搪塞地回答，说是穿过的，你忘记了。我便又问，这对枕套肯定是没有用过的，还有我的围嘴和肚兜，都是崭新崭新的，母亲被问得烦了，只回答，都是用过的，你小时候用过的东西哪里记得住，你自己都忘记了。我不信，跑回到院子里仰着头看那崭新崭新的枕套和围嘴，明明是没有用过的样子呀！阳光刺眼得很，看一会儿便晕了头，母亲喊吃饭我就把是否用过这件事忘记了。

大暑时节，日子长。母亲会让我们睡午觉，她在屋子里拨弄些针头线脑的活儿。我和妹妹在西厢房睡，等妹妹睡着了，我便偷偷溜出来，跑到院子里看那满院子花花绿绿的东西。有母亲织的围巾，还有我冬天穿的毛衣，粉色的、红色的。母亲偏爱绿色些，她那件墨绿色的呢子大衣还有一圈毛毛领，那领子上的毛在阳光底下，闪闪发着亮光。看得累了我又把自己卷进被子里，被子有两床是去年做的，我认识。一床大红的被面是绸缎的，一床牡丹大花的是棉布的，那一床牡丹花的被面上面还有很多绿色的叶子，母亲晒它的时候，格外地小心，把它在绳子上拉平以后，还左右抻了又抻。

我在晒衣的绳子中间穿梭，仿佛看见母亲年轻的时候。她个子很高，皮肤又很白，鼻梁挺直。她梳一条乌黑的发辫，直垂到前面来，发辫的长度到上衣的下摆，母亲一只手捏着发辫，一只手拎着帆布书包，她神情娴静，一副大家闺秀的样子。那是母亲仅有的一张照片，黑白的。放在母亲的梳妆盒里，梳妆盒从没有见母亲用过。母亲现在是短发，和村里的许多母亲都是一样的。

　　等我在被子里转了好几个圈圈，只拉得晒衣绳颤颤悠悠地晃动，母亲从屋子里的窗户看到，走出来小声呵斥，把我从被子里拉出来，她又抻了抻那床被我卷得已经不平整的被子，拎着我的胳膊把我送回到屋子里去睡觉。

　　等我一觉醒来，太阳最高的时候已经过去，母亲也开始收院子里晾衣绳上的衣物了。我自告奋勇地帮忙，母亲总是拣些小的、轻的递给我，我抱起来小跑着把它们送到床上，看着母亲一件一件地叠好，放回到柜子里，看着母亲把柜子上了锁。今年的晒衣才算真正结束了。

　　等我们长大，母亲也搬到城里去住。北方的楼房都是集体供暖，寒冬腊月，屋子里的气温好比夏天，母亲不用再准备冬被了。我求学他乡又在南方的城市工作，甚少回家。大暑晒衣的日子好多年没有见过了。

　　我把母亲那张照片拿去翻新放大，寄回给她的时候，母亲在电话里一个劲地说我浪费钱，不过母亲小声呵斥的声音里充满了开心和高兴。我竟然想念起母亲晒衣的味道来，那冬被里去年阳光的味道和我小时候围嘴上掉下来的点心渣的味道，想来也只能是怀念了。

母亲的端午节

在家乡，我们把端午节叫五月端午。

每年的端午节都是北方的夏天，但还没有到最热的时候，农忙还未开始。母亲总是会有时间来包些粽子给全家吃。在物质生活并不丰富的年代，粽子是家里能吃到的最省钱的点心。

我喜欢吃甜食，端午的时候，母亲包的粽子有黄米红枣的和糯米红枣的。所以，我小时候每年都对端午节很是期盼。

临近端午节，母亲会把买来的芦苇叶提前两天浸泡在水里，让原本干枯的芦苇叶充分吸收水后变得挺括有韧性，包起粽子来易弯不易折。除了把芦苇叶提前泡好之外，包粽子用的黄米和糯米也需要提前浸泡，这样米香才会浸发出来，包的粽子才会又甜又糯，还香喷喷的。

包粽子用的枣是自家院子里枣树上结的。五月中旬，新的枣还没有成熟，包粽子的枣用的自然是去年留下的。陈枣难免有虫，检查枣虫就成了我的事情，母亲把大红枣从厨房上方的柜子里拿下来，一只粽子包三颗红枣，按照米量估算要用多少枣子。把枣子倒出来，母亲嘱咐我，不要偷吃，不然你就要吃实心粽了（不放枣的粽子）。

我知道母亲是唬我，所以总在找虫枣的时候偷偷吃上好几颗，母亲若是看见了我自会解释，这枣都是虫咬的，反正已经不能用了，我吃了又没有关系。

等粽子煮熟的时候，母亲总会问我，为什么做事情一点也不细心，有虫的枣都不会挑干净，我偷偷地笑，我吃的那几颗枣子都是没虫的。

因为包粽子用的是黄米和糯米，需要煮很长的时间才会熟，通常下午包好了粽子，先浸在水里，晚饭后把粽子放进一口大铁锅里，粽子随冷水下锅，水要没过粽子，再盖上锅盖。我看母亲会在锅盖上放两块用布包起来的砖头，不明所以，母亲说，那是因为水沸后怕漏气，导致粽子夹生，放上砖头压重，锅盖不容易被顶歪掉，这样长时间煮的粽子才会全部熟透，好吃。

煮沸了的粽子，熄了火，要焖一晚上才能吃，所以，母亲包粽子的日期总是选在农历五月初四，这样第二天过节，我一早便会吃到温热的粽子，又香又甜的粽子呀，一下子吃好几个，母亲又是看着我说，黄米不能吃太多，小孩子消化不了容易积食。母亲每次只吃一个粽子就说太甜了还黏牙，把剩下的都留给我吃。我每天吃几个，可以吃好几天。

那好几天吃粽子的日子，是我最开心的时光。放了学第一时间跑到厨房里把粽子拿出来，站在家门口，小心地剥开粽叶，先舔一舔粽子，然后再吃，若是有别的小朋友从门口经过，我还会故意放大吃粽子的声音，看着她频频回头的样子，便觉得粽子更好吃了。

在课堂上，老师讲到，端午节又称五月节，是纪念诗人屈原的节日。在南方，这一天是有龙舟赛的。

毕业以后，屈原的那首《怀沙》已经背不出了，可是端午节母亲包的粽子味道，却一直停留在我的记忆深处，从未消退。

如今粽子也成了寻常食物，我长居苏州，这里自古便是江南鱼米富庶之地，这里的粽子口味和家乡的粽子口味也不尽相同。苏州的粽子有猪肉粽、蛋黄粽，粽子的形状和母亲包的也有区别，母亲包的粽子是方形的有四个角，而南方的粽子多是长形的。

时间长了，我也习惯吃咸口的粽子，只是每到端午节，总会想起来母亲包的黄米红枣粽子，那是我对家乡美好的怀念和记忆。

糖水罐头

小时候吃过几种水果罐头，有橘子的，也有山楂的。

罐头是生病时才有得吃的东西，小朋友生病没有精神，也没有食欲，大人们买来一瓶罐头酸酸甜甜的，那糖水的汁儿都熬出了厚重感，罐头吃完病基本就好了。

奶奶是长辈，有些姑姑和表哥们在过节前会送来些点心匣子和水果罐头，用裹头的四角围巾包着或者是用有大洞或小洞的网兜兜着，他们把这些点心放在奶奶的面前，还说些客气的话，奶奶总是摆摆手说他们浪费钱，末了又唠一会儿家常，我嫌奶奶啰唆，点心都送来了，还不让人回去，我站在远处皱着眉头看着奶奶，想让她早点结束这种接待，等亲戚们要拿着空匣子回去的时候，奶奶硬是拽着人家，非要回礼，有时候是鸡蛋，有时候是早些时候别人送来的桃酥或者是蜜果子之类的。看着奶奶塞给人家这些东西，我又着急起来，这都是我还舍不得打开的呀，一生气，扭头走了出去。

等到晚上，帮奶奶把被子放好了。我讨好地征询奶奶的意见，是不是可以把白日里收到的点心、罐头拿出来让我过过目。奶奶笑着答应，我便把那些水果呀、罐头呀、饼干蛋糕之类的东西都拿出来，分好类。有些是不能长放的，放在外面用东西盖起来，这是要先吃的，还有些包装好看的，打开来，把里面上了色的糕点拿起来闻一闻，又放回去，要是最近有什么孩子满月或者老人生病之类的，奶奶又可以把这些拿出去送人。有几瓶罐头奶奶是不肯让我打开的，因为这个可以放很长的时间，罐头在这些东西里价格是比较高的，送人也更有面子些，若不是我头疼脑热了，奶奶是舍不得给我打开吃一罐的。

罐头，即便是奶奶要送给谁，也是需要和我说一声的，以便于我提前分配是要送橘子的还是山楂的。

奶奶乐得我管理这些点心，我把它们都放好以后，缠着奶奶再讲一个故事才肯睡，有时候是讲白骨精，有时候又讲狐仙报恩什么的，每逢这时，我又要求等我提前把被角都塞好了，确定密不透风了，奶奶再去关灯，然后才开始讲。

放学了，母亲下地还没有回来，我便打开奶奶的点心柜子，拿出来一盒点心，先吃几块。奶奶总是坐在炕头盘着腿看着我吃，我一边吃一边评论，这块槽子糕要赶紧吃，不然变硬就不好吃了，还有这些酥皮的点心，也不知用什么叶子的汁点在一圈一圈的酥皮上，露出红的或者黄的颜色，一挨到嘴巴便簌簌地掉下来，还要用手接着才能吃，里面的馅料都是芝麻和着糖粉，吃得嗓子干干的。

吃了两块就厌烦了，跑下去倒水喝。要是在冬天，奶奶的煤火炉子上常有烤好的面饼和用熬药的砂锅熬好的红豆粥，喝了一碗便饱了。

还是想着那几瓶糖水罐头，家里平常连个水果都不买。能吃到的无非就是自己地里种的梨，梨分两种，鸭梨皮厚，梨肉沙沙的不怎么甜。雪梨皮薄，放到冬天容易坏，母亲只肯把坏了一块的雪梨拿出来吃，吃之前要先用刀把坏的挖去，再削皮，雪梨个子小，皮削好以后，没吃几口便是梨核了，我最是不喜欢。可是那罐头怎么能吃呢？奶奶是不肯的。

不知道是不是我太想吃罐头了，竟然咳嗽了起来。先是白天咳嗽几声，后来睡觉也咳嗽着。母亲也知道了，又拿出几个雪梨让我吃，说是去火，我可不要吃，眉头皱得眼睛和眉毛直接拧在了一起。奶奶觉得我这病是要吃一瓶罐头才会好的。打开柜子才想起来，那几瓶糖水罐头前几日刚送了人，我看着空空的点心柜子，罐头送出去的时候竟然没有告诉我，奶奶这可是背叛了我呀！而我还生着病，难过得一鼻子哭了起来。

次日，母亲去街上的小卖部买回了两瓶糖水罐头，一瓶是山楂的一瓶是橘子的。妹妹也跟着我沾了光，我生病我吃山楂的，开胃。妹妹好好的，她吃橘子的。母亲用一根改锥把罐头的盖子撬开，试了几次，发现不成，又去厨房拿了菜刀，在罐头的盖子上猛砍下去一条缝，横竖两条缝砍好，再用改锥把开口处撬上来，翻成一个四角的口子来，一番折腾，母亲的手上沾满了糖水汁，她舔了几口自己的手，把勺子递给我，说："吃吧，你这是相思病，相思的罐头吃了就好了。"

我和妹妹一人一罐，蹲在前院的台阶上，吃得不亦乐乎。这时候院子里走进来一位讨饭的老人，举着一个有豁口的蓝瓷大碗，问母亲要钱。母亲给她说："家里日子也不好过，上有老下有小，你去别家问问吧！"我用勺子喝了一口糖水汁，把嘴巴咂巴出来很大的声音。那讨饭的人看见了，嘴巴一撇很是不屑地向母亲说："你家孩子都一人吃一瓶罐头，还说日子不好过。"我心里很生气，这可是我得病母亲才买给我的，估计一年也就吃这一次。我看向母亲，母亲很尴尬的样子看着那讨饭的妇人，走过去接了她的碗，说我给你几个馒头吧，家里也实在没有什么别的东西。那妇人接了母亲的馒头，连句道谢的话都没有，扭头就走了。

母亲看着我说："你瞅瞅，非要吃糖水罐头，结果还丢了几个馒头不是。"我看着母亲那样子竟哈哈大笑了起来，问母亲为什么不和她解释我是因为生病才吃的罐头，母亲瞪了我一眼说："赶紧吃，不然一会儿再来个讨饭的，馒头没有了，把你送给人家。"我听了又哈哈大笑了起来，知道母亲是不肯的，不然怎么会给我买这么贵的糖水罐头。

这是我记忆里唯一的一次吃糖水罐头的经历，还让母亲赔了几个馒头。

　　或许就是因为这次经历，我对糖水罐头有了无限好感。觉得那是最好吃的东西。

　　再长大些，奶奶过世后，我离家求学。家里再来客人送给父母糖水罐头，母亲总是留给我，等我回来时拿出来，说这是你爱吃的。

　　那年侄女来苏州过年，母亲问我是否带些家里的花生、小米或者雪梨，我一听赶紧说不吃不吃，结果我收拾侄女的行李箱，赫然放着两瓶山楂罐头，没有商标，玻璃外瓶还用装雪梨的那个泡沫包装包了起来，我哑然失笑，问侄女："这是奶奶出去买的罐头吗？"侄女说："不是，这是奶奶自己做的，奶奶说姑姑爱吃这个，临走时非要放在箱子里。"

　　我把糖水罐头打开，吃了一口，那个甜呀，都甜出了泪来。

妹妹和昭昭

昭昭是妹妹家的二宝。生于龙年 12 月 12 日，美其名曰"小龙女"。

因是二胎，起初家里人并不同意妹妹生。因为老大是儿子，一线城市生活压力和教育压力都很大。只有妹妹坚持，城市很大，妹妹除了老公连一个亲戚都没有，待产期间，妹妹回了老家。

我第一眼见到昭昭，好丑的小姑娘。眉毛还没有长出来，都是胎脂，眼睛水泡的一条缝，单眼皮。鼻子是塌的，皱着眉头。只有两条弯眉遗传了妹妹。我和母亲说："我这大姨终于脱了家族最丑姑娘的称号，妹妹生了个接棒的。"说完自顾自地笑起来。母亲还呵斥我说，没有长辈的样子。

昭昭好哭，白日里母亲帮着带，她很乖。一到晚上就折磨妹妹，我已经入睡，被她哼哼唧唧的哭声吵醒，睁开眼睛，看见妹妹坐在床上，外衣都没有披，抱着昭昭左右晃动。我翻身再睡，她还是哭，妹妹已经从床上下来在屋子里来回走动，嘴里还念叨着什么。那一瞬间，说实话，我并不喜欢这个小龙女。毕竟我和她才认识两天，妹妹却是我挚爱了 20 多年的亲人。当年妹妹和我住在一起走读上学，连衣服都没有洗过，我做饭都是由着妹妹点菜的。现在生个二胎连觉都没得睡，这让我心里很不是滋味。

母亲说昭昭胆子很小，每到黄昏天暗了就要把屋子里的灯打开，不然她会哭。即使睡觉了，也要开着小夜灯。我又在心里犯嘀咕，这么小的孩子怎么能这么矫情呢？又想起妹妹夜不能寐的事情来，我不怎么喜欢抱昭昭。没过几天我假期结束便离家工作了。

电话里妹妹说要回她自己的家了，不然老大上学中午没人做饭。

妹妹回去后，老公上班，偶尔还出长差。妹妹一个人要接送老大上下学，还要照顾昭昭的饮食和身体。人一下子便苍老起来，没有时间顾及自己，整天穿着一件几年前的长外套，头发也白了很多，本来杏核儿一样的大眼睛，眼角骤然间长了那么多皱纹。我看见妹妹的朋友圈，做饭的时候要把昭昭放在一个外包装的纸箱里，等菜炒好，一回头发现昭昭不见了。探过身去发现原来是孩子睡着了，身体蜷缩在纸箱的一角。大宝吃完午饭要去上学，昭昭还没有醒来，大宝主动给妈妈说，我自己跑着去，学校离家很近，妈妈今天不用送我了。妹妹说，站在窗前看着儿子幼小的身影出了电梯朝楼上挥了挥手，很快消失在视线里，泪水瞬间溢出了眼眶。还没有来得及难过，昭昭又醒了，在房间里哭着喊妈妈。

我不知道那段时间妹妹是怎么过来的。大宝是妹妹的婆婆和我们的母亲带大的，虽说生了二胎，但是妹妹完全没有做妈妈的经验，在昭昭面前，等同于新手。昭昭身体弱，爱出湿疹，天气不好又爱咳嗽。每个月的晚上有大半的时间在哭，白天又要去医院。那段时间，和妹妹通话，她总是问我："姐，你是不是觉得我不正常，我怀疑自己有病，我觉得自己生病了。"我能感觉到为了照顾孩子和维持生活，妹妹身心疲惫，开始自我怀疑并且陷入情绪抑郁的恶性循环。挂了电话，我很难过。妹妹是一个内心敏感又极其要强的人，我知道再这样下去，妹妹一定会出事的。

我和母亲通了电话，想请母亲到妹妹家待一段时间。可是，母亲考虑到带着孙女，父亲一个人在家也不放心，很是为难。我也不知道怎么办才好，正好那段时间，城市里的住家保姆频频爆出负面新闻，妹妹一个人晚上休息不好，白天就会有情绪，在这样的氛围中，家里的大宝也开始叛逆，认为妈妈只爱妹妹一个人不爱他，几次言语争执后，10岁的大宝开始情绪崩溃，学习成绩直线下降。深圳夏天湿度很高，妹妹新装修的房子开始出现问题，恰好妹夫又要去国外出差。这时候，母亲知道了。她和我说，准备带着孙女到深圳去，哪怕是和妹妹做个伴也好。我明白，母亲了解自己的女儿，虽然也是两个孩子的妈妈了，但是还未适应这个新的角色。

母亲的到来让妹妹舒了一口气。昭昭出生最先见到的人，除了医生便是姥姥了，对姥姥有一种天然的亲切感。母亲到了几天，有一日特地到楼下来给我打电话，说昭昭瘦得像只小猫一样，连哭声都很弱。孩子到了学习站立的时候了，因为没有力气，站不起来。母亲说着说着便哽咽了。隔着话筒我都能想象出母亲的难过，母亲个子很高，脾气又好，活了60岁，不曾和任何人红过脸。我长这么大只见母亲哭过一次，还是多年前外婆去世的时候。

母亲也安慰我说，没关系，我来了，我会帮她把昭昭调理好的，会多帮昭昭做些孩子吃的食物，末了，嘱咐我不要告诉妹妹她给我打电话的事情，说妹妹还是个孩子，不知道怎么做妈妈，何况她现在处于情绪敏感期，要保护好她。

挂了电话我才想起来，母亲对妹妹的爱和保护如同妹妹对昭昭的爱和保护，只是妹妹还年轻，昭昭有一个这样没有经验的妈妈也委屈她了。

母亲在深圳待了几个月，直到昭昭学会了站立和简单的行走，这期间，昭昭没有出过疹子也没有因为咳嗽进过医院。妹妹说生了昭昭才知道母亲的辛苦，我笑她，是因为生了昭昭你才学会怎样做妈妈。等妹妹和昭昭一切都稳定了下来，母亲才带着孙女从深圳回到了老家。

如今，昭昭已经8岁了，除了还是瘦些，长得越来越好看了，眼睛也大了起来，神似妹妹小时候的模样。妹妹经过自我调整和不断学习，和大宝的关系也缓和了很多，每当昭昭生日时，妹妹总是要昭昭和姥姥视频，昭昭总是说感谢姥姥对她的照顾，还说要把妈妈买给她的零食分一半留给姥姥，等姥姥来深圳的时候吃。

　　母亲也快70岁了，在家除了每天接孙女放学以外，还出去做一些缝纫的零工。妹妹会发一些昭昭学习钢琴和跳舞的视频给母亲看，母亲拿着手机总是笑得十分欣慰和满足，小龙女一天一天长大了，妹妹也走出了生活的泥沼，把瑜伽重新拾了起来，也拾起了对生活的自信。

母亲的手工布鞋

记得小时候，我都是捡表姐的旧鞋子穿，新鞋子过年的时候才有得穿。

所以我很期待过年，因为过年时可以穿新鞋子。过年前，母亲就会特地抽出空来，帮我做一双新的布鞋。

母亲的针线活很好，她纳鞋底子的时候，总爱用针在头上擦一擦，我问母亲这是为什么？母亲回答我说，头油呀，头油就是针的润滑剂，纳起鞋底子来更快。有时候晚上我已经睡了，母亲还坐在炕头继续纳鞋底，针带着线穿过层层的布，会有微弱的声响发出，那声音，是我童年最美的梦。

慢慢地生活条件好了，人们很少穿布鞋了。夏天母亲会给我买塑料的凉鞋，那塑料凉鞋是透明的大红色，好看极了。秋天母亲会给我买一双球鞋，那双白色的球鞋我每周都会洗一次，洗好后还找来白色的洋石灰，往洗干净的球鞋撒上一些石灰，再铺上一层白色的纸，这样晒干的球鞋不会发黄，是雪白雪白的。只是撒了石灰的白球鞋走起路来会掉白色的粉末，那也不管，总觉得白色的球鞋是全世界最漂亮的鞋子。

等我毕业参加了工作，每每发了工资，总会给自己添一双新鞋子，高跟的、平跟的，有时候喜欢一款鞋子，还会买两双不同的颜色。

后来因工作升迁，我租了一个更好的房子，搬家的时候，鞋柜里有一双被遗忘了很久的布鞋，用塑料袋装着，红色的鞋面，雪白的鞋底。崭新的鞋子，一次都没有穿过。我记起来了，这是我毕业实习前回老家，临走时，母亲给我包里塞东西，我回到城里才发现有一双母亲做的新鞋。

我当时看了这双土里土气的布鞋，忍不住给母亲打了个电话，埋怨她怎么还做这个，都已经没有人穿布鞋了。母亲说布鞋不伤脚，催我试试。我随意用脚踩了踩，回答她，小了，你不知道我现在穿多大码的鞋子，以后不要浪费时间了。当时没注意，现在看着这双鞋子，想起当时我匆忙挂断电话时，妈妈该有多么失落啊。她年纪大了，眼睛又不好，一针一线缝制的这双鞋，母亲不知熬了多少个夜晚。这哪里是一双鞋，分明是母亲给我的爱。

我换了双袜子，把那双新鞋穿在脚上，刚刚好呀！心里一热，回味过来，是母亲在我回家时偷偷量了我的皮鞋，照着尺寸做的，我还错怪她，心里愧疚不已，眼眶里涌出了泪水。我脚上穿着新鞋子，拨通了母亲的电话，告诉她，我特别喜欢她做的这双大红色的布鞋，穿着刚刚好。

我以后会经常穿着它，让它丈量我脚下的路。

一碗成长的饺子

母亲打电话给我说，下班早点回家，晚上姑姑过来。

回到家看见母亲正在和面，准备包饺子。这是我们家待客的最高礼遇，姑姑不仅是客人，还是家人，是最疼我的亲人。

要说家里谁包饺子最好吃，还是姑姑。小时候，家里的条件有限，只有春节和有人过生日的时候才可以吃到饺子，我常常馋得不行。有一次看见邻居家小建端着碗坐在门口吃饺子，就不由自主地走过去，流着口水问："能不能给我尝一个。"谁知道小建朝我挤挤眼，端起碗就跑到他家大黄狗面前，啪的一声，把没吃完的饺子直接倒进了狗食盆里，我不明所以地看着他，很委屈地问："你为什么把饺子拿去喂狗。"小建答："因为我吃饱了呀！有本事你去和狗抢呀！"他挤眉弄眼的样子让我又急又气，直接走过去冲着吃饺子的大黄狗狠狠踹了一脚，谁知道大黄狗受到了惊吓，跳起来对着我脚踝就是一口，撕拉中我看见血从鞋子流到地上，钻心地疼，小建见状吓得哇哇大哭，跑去找大人。大人们来的时候，我疼痛加害怕，晕倒了过去。

等我醒来的时候，已经躺在县城的医院。小建站在病房的门口，怀里抱着一坨东西，用发黄的羊角毛巾包裹着，微微散发着热气，我竟然闻出来那是大葱猪肉馅儿的饺子。赶紧摆手让他过来，他先是怯怯地看着我，反应过来后急忙把手里的饺子塞给我，这时候母亲和小建妈妈一起推门进来，手里拿着药。

我冲着母亲喊："大葱猪肉的，妈，香得不得了！"说着还从碗里拿出俩饺子递给母亲，母亲的情绪看起来很是低落，默默地走到我的床边，把药放下。

第二天姑姑来医院看我，我才知道，因为脚部感染，医生说可能要截肢。母亲偷偷地抹眼泪，姑姑有些大声地说："不行，一个姑娘，截肢了以后怎么上学，将来怎么生活？"上省城大医院去看，母亲叹了口气，声音颤抖地回了一句钱太多家里拿不出，我躺在床上，望着母亲瘦弱的肩，一抽一抽的，她难过得不敢哭出声来，我忍不住哇的一声便哭了，向母亲喊着："妈，我不要吃饺子了，再也不吃饺子了，可我不要截肢，不要截肢。"因为手术费姑姑和母亲商量不定，我哭着哭着便睡着了。

趁母亲出去买晚饭的空儿，姑姑直接背起熟睡的我连夜转了院。还好及时，感染得到了控制，我没有截肢，腿是保了下来，只是脚踝处缝了很多针，留了一条蜈蚣样的疤。

做手术的费用是我家全部的积蓄和姑姑攒了几年的嫁妆钱，不够，她又和还没结婚的姑父商量，婚后不住新房，把建婚房的钱拿来，邻居家也出了一些，才算是凑够了钱。

出院那天，姑姑包了饺子送来，本来是想着我能高兴，但是我想到自己因为贪吃，姑姑连嫁妆和新房都没有了，我给家里闯下这么大祸，看到饺子心里既羞愧又自责，一把把饺子打翻在地，眼泪肆无忌惮地流下来，哭喊着：以后再也不吃了。

母亲总觉得亏欠了我，一碗饺子，让我留下了一道疤，脚上的和心里的。以后的很多年里我们家都不吃饺子，一家人为了我，饺子成为禁忌。

斗转星移，一年又一年，我在成长中逐渐认识到，饺子没有错，父母更没有错，我不能因为自己受了伤，就让全家没有饺子吃。解铃还须系铃人，大学毕业后实习，我领了第一个月的工资，请姑姑到家里来，和母亲说："今晚咱吃饺子吧。"母亲和姑姑看着我，我笑了又哭。一家人知道我心里释然，啥话也没有说，那一天，父亲还喝了二两烧酒。

母亲开始调馅儿，擀皮儿，我洗手帮忙包饺子。姑姑在的时候总嫌我包的饺子不好看，说是露馅儿，今天我是小心翼翼地捏牢饺子皮，一只一只地检查，排排齐摆好在盘子里。

在我眼前和心底闪过一幅幅母亲和姑姑给我包饺子的画面，那是长辈们对我无限的宠爱，又是我一步一步成长起来的美好片段。

母亲看着我包饺子，打趣地说："从小到大，就爱吃饺子，如今自己也会包了，不用担心吃不到饺子急哭了。"我不好意思地逃避话题："妈，姑姑几点来呀，我得等姑姑来了再下锅煮饺子！"不到晚饭的时间，姑姑推门进来，怀里抱着保温盒，还用雪白的毛巾裹起来，姑姑冲我笑：猪肉大葱馅儿的。我看着姑姑，眼泪莫名地夺眶而出。

吃饭的时候，我吃姑姑带给我的饺子，姑姑吃我包给她的饺子。这一脉传承家的味道，从未变过。

吃完饭送姑姑回家，夜晚的微风和着不知名的花香，沁人心脾。路灯洒下一束一束的光，把心都照亮了。

雪梨煮水

母亲非要给我寄几个雪梨，说是冬天煮水喝不上火。雪梨是父亲的朋友送的，每年都送，母亲喜欢把雪梨去了皮和水一起煮，梨水香甜，给侄女喝。

我们家是种过几亩梨树的。梨树春天开花，秋天结果。梨的品种有雪梨和鸭梨，它们品种不同，形状和口感也有差异。鸭梨皮厚，咬下去有颗粒感；雪梨皮薄，汁水丰盈，很甜。雪梨不容易保存，运输过程中皮摩擦后容易溃烂，家里的梨树园里多是雪梨树。

秋天雪梨丰收，有水果贩子开卡车来收，现场定价。梨园里开始繁忙起来，谁家的梨被定了，连午饭都舍不得吃，全家老小在梨树下忙活，父亲和几个同族的表哥一起摘梨，梨树并不高，他们都站在树杈上，用裁剪树枝的特制剪刀把每一颗梨由蒂结处剪下，放到一个柳条编的篮子里，篮子满了，母亲便接过来放在地上，我坐在地上给每一颗梨包上梨纸，梨纸就是一种包装纸，发黄，四方形，上面印着一颗金黄的大梨，还用拼音写着"赵州雪梨"，我们种的就是赵州雪梨，这个雪梨早在两千多年前的秦汉时代就被选为贡品进贡，是悠久的雪梨品种。我的主要任务便是把摘下来的雪梨用雪梨纸包好，包梨的工作很简单，我做一会儿便觉得无聊起来。

天渐渐地暗下来，父亲按照收梨人定好的量摘得差不多了，他去找来一台秤，把每一箱梨放上去称，我看他时不时地拿出几个来换，有时候大的换小的，有时候小的换大的。母亲在旁边帮忙，一会儿从箱子里拿出来几个长歪的，说这不符合要求，让我重新包几个好看的放进去，我已经包得烦了，又没有吃晚饭，开始噘着嘴巴不高兴，拿着梨尾巴（梨子上面的一条软茎，俗称梨把儿）把梨从篮子里拎出来，有的梨很重，拽着拽着把梨尾巴拽掉了，偷看了一眼母亲，她没有发现，我又小心地把梨尾巴放上去，赶紧拿一张梨纸包好了递给母亲。母亲接过来打开梨纸一看，梨尾巴自己又掉了下来，我跑到远处哈哈大笑了起来，母亲气得呵斥，说你这样干活会被你爹打死的，每一箱梨都会被梨贩子抽查，发现不合格的会降低收购价，还会取消预订，我一听害怕了，给母亲承认就这一个是梨尾巴掉了的，其他的我都是好好包的，母亲不信，开始检查起所有的梨来，我为自己的行为感到愧疚，凭空让母亲添了许多麻烦。天又暗了很多，我又饿又怕，自己小声地哭泣起来。

父亲回来了，说是梨贩子已经快验收到我们家了，让母亲先回去做饭，他一个人等着就行。母亲还没有检查完，说了一声，再等等吧。父亲和母亲一起检查我包好的梨，有些个头不够的，他们又拿了出来重新找了好的放进去。等他们弄完我靠在梨堆上快睡着了。母亲叫我起来，我蒙蒙眬眬地牵着母亲的手，和她回家先去做饭了。

等我们吃完饭好一会儿，父亲才赶着牛车回来，母亲问梨收得怎么样，父亲回答说差不多，剩了几箱没要，已经拉了回来，等秋收忙完了送给几家没种梨树的亲戚吃。

梨子卖了，母亲算着这些钱刨去今年的成本，也所剩无几。只是家里多了几缸梨，送完亲戚，还剩一些，母亲便放起来，等着冬天再吃。所以我们家整个冬天的水果便是雪梨和鸭梨，鸭梨种得少，家里留下的都是被臭大姐叮过有麻点的，看着难看。雪梨本来就吃着不舒服，放了几个月，水汽也跑了，口感很差，我拿着水果刀在盘子里切呀切的，故意切得很丑，然后放在那里自己跑出去玩了。母亲问我怎么切了梨又不吃，我说："我长得这样丑，还让我吃这么丑的梨，将来嫁不出去你不是亏在手里了吗？"母亲立马笑了起来，问我："那你想吃什么好看的？"我说想吃香蕉、橘子、哈密瓜，母亲看着我又说："你没生病，那些水果都是给病人吃的。"我一听很是生气便又跑远了。母亲会把我乱切的梨捡起来放到锅里去煮，等我回来可以喝梨水，去火。

村子里种梨树的越来越多，梨的价格也越来越低，后来父亲和母亲商量着把梨树都砍了，重新种回了玉米和棉花。到冬天的时候，知道我家没有梨，亲戚们又有送来的，母亲感谢着把亲戚送走，我皱着眉头嘀咕，怎么都是送梨吃，送点别的也好呀！母亲指着我说，你今年都不用去地里包梨纸了，也不用生气把梨尾巴采下来了，有现成的梨吃还不知足。我看着那些不喜欢吃的梨，扭头出去找同学玩了，等回来时，母亲又煮好了梨水给我留着喝。

等我到南方生活后，发现超市里的雪梨卖的价格比老家贵很多，每次看见，我都走过去轻轻捏住一只梨的尾巴，看看会不会掉，没有梨尾巴掉下来，我就去选其他水果了。

南方的水果品种丰富，而且很多都是原产地，价格优惠，我也终于熬到了能够自由吃水果的年纪。

每次母亲说要寄些梨给我吃，都被我谢绝。今年侄女来苏州过年，弟妹来接她的时候，母亲非要在行李箱里装上几个梨，说请我帮她吃几个，家里太多。我收到后看见梨的包装还很好，梨纸的外面还套了一层水果泡沫网，这样长途跋涉也不会有磨损，把梨放在冰箱的格子里便忘了。直到母亲来电话问，说给你带的梨吃了没有，我说还没有，母亲又告诉我煮梨水的方法，说赶紧去做吧，梨水可以去肝火。

挂了电话，我从冰箱里把梨拿出来，去了皮，切成块，加了矿泉水，放进紫砂锅里煮。梨水煮好了，盛出来一碗，拍了照片给母亲看，母亲说，快喝吧，喝完会长得好看。我端起碗来，喝了一口梨水，很甜，是母亲的味道。

扎凤冠霞帔的奶奶

奶奶走的时候是夏天，也不是什么急凶的病，她本来有哮喘，一般熬过冬天就没事了。那一年到了春天的时候，奶奶的哮喘没有减轻，反而更重了些，连续吃药打针维持到了夏天，只能连日卧床。

那年夏天的一个深夜，虫声窸窣，奶奶很安静，没有上气不接下气地喘，在安安静静中走了。

接到消息的亲戚们，很快就赶来我家。他们在院子里扯上了电线，灯火通明。我透过奶奶房间的门缝儿，看见父亲和几个同宗近亲的人，一边念叨着一边帮奶奶换上寿衣，我想走近的时候，他们把门关上了。

奶奶是爷爷的第三任老婆，爷爷的第一任老婆被爷爷家暴打走，第二任老婆生病离开，奶奶是邻村一家小户人家的姑娘，她裹小脚，梳桂花头，会画花鸟的针绣图案，性子温和，爷爷用三斗小米做聘礼，奶奶便嫁了过来。

爷爷是地主，常年雇着下地干活的长工，还养着木匠做棺材买卖。奶奶说，爷爷是当地红极一时的人物。爷爷性格刚烈，为人豪爽，家道在父亲出世以后日渐中落，到了父亲上中学时，已经拿不出钱来交学费了，父亲只好辍学在家，以编柳筐和打短工补贴家用。奶奶手巧，整条街的姑娘出嫁要准备的绣品都是找奶奶画绣样，有时是鸳鸯戏水，有时是百鸟朝凤。最重要的是奶奶懂得手扎凤冠霞帔。用上好的丝绸或缎子，三日的工夫，便能扎出来一件美丽的披风，霞帔一体，是姑娘们骑马出嫁时，披在身上挡风用的。霞帔美丽，喜庆。头顶用手工扎成戏里皇后头冠的模样，一个紧挨着一个的花苞，花朵大小不一，参差成趣地簇成一排，极其好看。我拥簇在观看送亲的队伍里，新娘子戴着这一复古的披风，化着明媚的妆，像极了仙女下凡。奶奶用这些精细的手工获得的收益补贴家用，我看完热闹，跑回家，总向奶奶说起很多人夸披风好看，她笑着，烤着火，眼睛看着门外："是呀，姑娘们一嫁人便长大了。"爷爷早在十多年前去世，奶奶一个人拉扯姑姑和父亲长大，走过多年的独身岁月，如今，她已年近古稀，年轻出嫁的时候，没有机会披上自己手扎的凤冠霞帔。因为是再娶，按习俗只能坐小轿从后门进家。她是否经常追忆自己的青春岁月，或是常怀感慨，面对命运的无常？我眼前总是出现冬天奶奶坐在炕沿儿紧挨着炉子的样子，只见她两手交叉飞舞，不停地做些漂亮的手工。

奶奶说，姑姑出嫁的时候，她要扎一件最漂亮的凤冠霞帔给女儿。姑姑的婚期是在冬天，一入秋奶奶便开始准备起来，先是托人从杭州带回来一块大红色的真丝面料。然后开始画霞帔的图案花样，画一稿改一稿，反复五六次，恐怕留下想不到的地方，生了遗憾，终于画稿定下了，开始剪样儿，剪样儿是个技术活，用米熬好了浆水，均匀地涂在样板纸上，阴干，一遍不行，要三遍才可以，在这个过程当中，不可以起浆泡，也不可以有浆粒，奶奶向我述说涂浆的过程，眼里充满了幸福和喜悦，我想，当时她一定也想起了她出嫁的时候，转眼间女儿已经成人，虽然没有大富贵，总是得了小安康，她愿女儿能披着母亲亲手扎的霞帔，在一个晴好明媚的艳阳天里，骑着马，出嫁。嫁给幸福。

姑姑的凤冠霞帔做好了，大红的娘娘冠，一个个扎起的红色花朵，小的像玛瑙，大的似玫瑰，红得饱满，鲜艳欲滴，霞帔的领口处，是两朵大大的牡丹花，系在颈处，衬得姑姑一张白净粉嫩的脸像一朵刚出水面的荷花，屋里围了一圈的姑娘们，她们羡慕的眼神儿足以说明奶奶扎的霞帔有多么的好看，这是母亲对女儿的爱、寄托、祝愿，姑姑试完霞帔，既兴奋又羞涩，姑娘们七嘴八舌地簇拥着奶奶，非要出嫁时扎这样一件一模一样的霞帔，奶奶笑着答应她们。

　　姑姑的婚期临近，奶奶的哮喘病又犯了，刚开始是小咳嗽，后来连咳带喘竟吐了血，父亲请了大夫来看，说是劳累过度，身体虚弱，必须静养数日，度过寒冬。姑姑出嫁的前几天，镇上的李姓亲戚来探望奶奶，顺便取回请奶奶给女儿做的凤冠霞帔，进到我家才知道，奶奶已经病了很多天，哮喘不间断地发作，奶奶甚至连针都拿不稳了，所以她的霞帔还没有做完，李氏一听，没说什么，但是面露不悦，坐至深夜，奶奶的咳嗽一阵伴着一阵，看着对方拿不到霞帔绝不离开的姿态，只好让姑姑去箱子里拿出做好的那一件，她的那块料子等这两天做好了，再换回来。只是，后来的十几天里，奶奶的身体每况愈下，已经不允许再做手工了，姑姑出嫁的前一夜，奶奶叫来大夫帮她打了针，她挣扎着起来，要把新的一件霞帔做完，可是，因为身体虚弱，她做一针停一会儿，扎好了一朵花，返回看的时候，不满意，要拆，姑姑掌着灯，看着母亲费力地睁开眼睛拿着红色的丝绸，左右比量，生怕一针下去错了位置出来的花型不正，选好了下针的地方，扎进去，奶奶的嘴角抽搐了一下，那下针的地方很快印出来一朵血红的花瓣，手指破了，姑姑实在忍不住，跪在奶奶面前，说："您要是坚持再做，我就不嫁了，我不要凤冠，您只要帮我扎个帽子遮头就可以了。"奶奶抬头看看姑姑，长长地叹了一口气，用手捂住了脸。姑姑坚持不让奶奶做下去，奶奶的病情也无法继续做下去，就这样，凤冠做了个帽型，没有一朵花。姑姑骑着大白马，披着红色的霞帔，脸上化了淡淡的桃花妆，明眸善睐，我觉得姑姑是我见过的最美的新娘子。

　　次年春天，奶奶的病好转了些，她又开始帮姑娘们扎霞帔，我和奶奶说，我也要一件。奶奶笑着看着我说，你才几岁，等你出嫁的时候，恐怕要嫌弃奶奶扎的霞帔了。

在后来的十几年里，婚嫁的民俗不断变换，姑娘们出嫁不用骑马了，改坐汽车。奶奶也已经很久不扎霞帔了。还没有等到我出嫁的年龄，奶奶便走了。她亲手扎的那些凤冠霞帔里包含了对每一位出嫁新娘的祝福，也包含了自己对美好生活的期许，而收藏在姑姑家箱底的那件凤冠霞帔就成了奶奶留给我们最幸福的记忆。

我是哪里人

我是北方人，23 岁以前一直生活在北方。我的家乡在冀中平原的腹地。

23 岁之后，我南下深圳，后多辗转于珠三角和长三角的城市中，直到长居苏州。除了休假期间回老家看望父母，和家乡的交集实在太少。

经常被人问起："你是哪里人？"起初我的回答很具体，后来我发现，我家乡的乡镇并不为人所熟知，再问，便回答省会城市，毕竟家门口坐车到省会的车站不过一个小时的车程。这样，大多数的人是听说过我家乡的省会城市的。再后来久未归，有人问，你是哪里人？我便需要思索一下再回答，我是哪里人呢？你是问我儿时生活的乡村还是现在长居的生活栖息地？自己觉得烦琐，索性告知对方是北方人。然而，有些人了解的北方，既不是山东河南，又不是河北山西，他们觉得北方应该是东北。东北在北方，且地域辽阔，东北人性格爽朗，讲话利索，被误解后我也不会更正。

曾在一个冬天的早晨，上海一条巷子的尽头。上班的路上，等一只烤饼，那是家乡的做法，硕大的铁皮桶被黄泥巴填充，中间烧柴，那明亮又温暖的火苗，欢快地跳跃着，很容易就想起儿时奶奶屋里烧的炉子，也是这样的火苗。烤饼好了我把钱递给师傅，说了声谢谢！原本低着头往灶膛里贴饼的师傅，抬起头，口罩上方露出的眼睛笑成了一条缝，用久违的乡音和我说："姑娘，河北人吧？"我本来已经转过身去，又猛地回过头来，手里捏着饼，回答他："是哩！"师傅笑着拍拍手，又说："听着声音像。"我点了点头，继续回答他："嗯！"站在他旁边的老婆，摘下了口罩，对我说："姑娘，多穿点，南方阴冷，不像咱那里！"我冲着大姐笑，猛点头。大姐说："上班去吧，别迟到！"我转过身加快了步伐，吃着家乡的饼，竟红了眼眶。

后来，再也没有见过那一对卖烤饼的夫妇，或许他们已经回家了。

我像很多人那样，在青春最好的年华里，离开了父母和家乡，奔往远方，奔向梦想。择一城，奋力拼搏，喝着这里的水、吃着这里的饭，迎着在这里升起的朝阳，伴着在这里亮起的星辰。日复一日，很多年，把汗水和泪水都洒在了这异乡的土地上，我爱我的家乡，更爱这我洒尽了满腔热血，腾空而起的新城。我的味蕾还留着家乡的味道，我的胃却早已适应了这里的酸甜苦辣。

我常去的超市，有一个面积很大的面点区域。光顾的主妇多过年轻人。这里和我家乡超市的面点品种并无区别，馒头、包子、面条、烙饼之类，虽说口味不能与母亲做的相比，但方便实惠，任何时候都可以买到。

选完面食之后，在一排冰柜的酸奶区，我发现有来自家乡的酸奶品牌，打开门，翻看这酸奶的品种和包装，生产地址也赫然是家乡的名称。多选了几种，放进冰箱里。有朋友来，拿出酸奶给她喝，她看了看，说："哦，你是河北人，这是你家乡的酸奶。"

我大声说："是呀！"貌似在尽地主之谊。

关于"你是哪里人？"越来越少人问了，大家都来自不同的地方，在一个城市里拼搏奋斗，有时候，是想通过这样一种努力在这里生存下来，有时候，是想回到家乡以后，不会后悔，因为我曾经在异乡那样努力过。

我不再困顿于"你是哪里人"，不管我是哪里人，我们都是来自异乡的同乡人。

天涯海角

我要到远方去，这是少年的梦。

远方是哪里呢？少年也不知道。可能离家以外的地方便是远方了吧？比如隔壁的村庄、村头河滩灌木林的对面，或者是天上大雁飞往的南方。后来，少年知道了远方是哪里，远方就是天涯海角，少年是在先生教的文章里知道的。"今之远宦及远服贾者，皆曰天涯海角。"天涯海角，无边无际，极远。

少年飞快地生长，像是远方在等待着他。

少年读到了一首关于远方的诗。作者是海子。

> 远方除了遥远一无所有
>
> 遥远的青稞地
>
> 除了青稞一无所有
>
> 更远的地方更加孤独
>
> 远方啊除了遥远一无所有

少年迷茫了，难道远方真的是一无所有？在不断的成长中，少年也不断地了解到远方，他最初的远方不过就是走出这方圆不足三里地的村庄，从自己生活的村庄走出，穿过邻村的庄子继续往前走，他想知道村庄外还是村庄吗？那村头的河滩跨过去还是长着荆棘和灌木丛的河滩吗？

少年常常做梦，梦到村里的河滩被河水淹没，有了鱼，还有了花，仿佛是另一个世界。

少年觉得，梦里的地方就是远方的样子，天涯海角便是远方的尽头。

少年怀着对远方的憧憬，长大了。他终于知道天涯海角是存在的，就在海南，海南便是天涯海角了。

少年读书的日子结束了，他先是到南方做工，一份接着一份，孤独但忙碌。他期望着有一天能到天涯海角去。

少年攒够了钱，天涯海角总要坐趟飞机的，他有些迫不及待了。从深圳到三亚，不过一个小时的航程。落地海南，他找人打听，天涯海角在哪里？他遇到热心的渔夫和兴奋的游者，他还遇到三亚湾沿路兜售贝壳的商贩。那贝壳真是大，海螺、海贝还有许多叫不上名来的贝壳，总之，这些贝壳比少年小时候在村头河滩的沙土里捡到的贝壳漂亮多了，而且这些贝壳都还是完整的，一点也没有缺损。少年买了一只很大的海螺贝壳，商贩教他把贝壳的旋螺处放在耳畔，就能听到大海的声音，少年听到了，是海风盘旋在大海的上空发出的呜呜的响声。

少年到了渔民指给他的广场，是一个公园，很大。少年看到一块很大的石头，上面写着"南天一柱"，再往前走，少年看到了一块巨石，上面写着"天涯"，哦，这便是天涯了，少年抬头望了下天，天空无垠，没有边际。继续往前，又见一块巨石，上面写着"海角"，哦，这便是海角了，少年朝着大海往前看，海鸥低飞，蔚蓝一片，一样看不到尽头。

站在巨石的前面，少年的心中升腾起一股豪气，是自豪，是豪迈。

那自少年时代就已在心中生根的远方，那远至天涯海角的尽头，不过是天的远方，不过是海的前方。巨石矗立，面向苍穹，巨石矗立，俯瞰沧海。少年的心胸霎时间便被这两块巨石撑大了，海风迎面拂来，少年豁然开朗。天涯海角是远方，远方在心中，是志趣，是抱负，是少年出走的初心，亦是少年归来的勇气。

那时的丽江

那天想起来，很久没有去过丽江了。离最后一次去丽江，已经过了九年的时间。

我一共去过三次丽江，第一次是工作，第二次是游玩，第三次则是和朋友们一起去的。三次丽江行，给我留下了不同的印象。

2006 年的丽江在各大旅游网站是热门之选，我去的时候差不多是七月份，先到的昆明。正是红毛丹上市的季节，这种水果极甜。在昆明吃了两斤红毛丹之后去往丽江。昆明到丽江的中巴车坐了九个小时，在路途中醒来，看见沿路种植的向日葵，黄色的花瓣，黑色的花盘，绿色的大叶子迎风摇摆，煞为壮观。

抵达丽江古城的时候是晚上，我联系了民宿的管家，他指挥着出租车到了一个巷子口，我拎着行李走进去，巷子很静，偶尔有一两个来往的游客，丽江海拔两千四百多米，早晚较凉，巷子路灯很少，显得有些清冷。我办好了入住手续以后到外面吃晚饭，按照管家给的路线，从另一条巷子穿出去便是繁华的古城中心了。这里简直是另一个世界，霓虹闪烁，各种声音此起彼伏，各色店家的货物琳琅满目，我第一次有了眼睛不够使的感觉。

次日，我按照自己做好的应聘路线去往酒店人事部，人事部一个很年轻的主管接待了我。在我填表之前，他开诚布公地问我说，你应该有一定专业经验并且从事过管理工作。我说是，但也不诧异他的判断，来之前我们通过电话。我预感在这里的工作会很愉快，事实也证明了我的猜测。时至今日，我依然感谢酒店的所有同事，他们每个人都给我留下了一段非常美好的回忆，在这里我是少数民族，他们大多是纳西族，远一点的还有来自母系氏族泸沽湖的姑娘，他们不仅仅待我是同事，更多地待我是朋友和客人。工作之余我听他们讲了很多当地的故事和古城的发展历程，他们总是热心地告诉我，除了大研古镇之外，还有更好玩的去处，也会热情地邀我去他们家里做客，还请我吃正宗的纳西族"三叠水"宴席，桌子上的蜜饯和菜品叠起来不止三层那么高。同宿舍有一个叫梅子的姑娘，休假时还会约我去林子里采菌子，采回来的菌子自己舍不得吃，要拿去集市上卖掉。

人事部和我谈了几次，请我和同事们做一个工作分享，推却不掉，只得和大家聊了聊我在深圳以及其他城市的工作经验和心得。这里的同事去过最远的地方是昆明，他们觉得深圳和北京简直是难以抵达的远方。他们单纯又善良，我离开酒店时他们送了我很多纳西族的手工艺品，都是他们自己做的，我收起来好好珍藏，这些礼物在我的眼里弥足珍贵。

从丽江回来后，我到上海工作，地点是上海的金融中心，极其高端的餐厅，客户大多是来自世界知名企业的高管，有业内前辈怕我适应不来，还特地打电话嘱咐我记得调整心态和工作方法。上海的工作节奏很快，工作时间也很长，早班地铁里的人们大多步履匆匆神情严肃。

在上海每天的早餐是小馄饨，消夜是生煎包，上班的第一件事是打开电脑看客户评价，然后默默地填写罚款单。我经常想念在丽江的日子，在宿舍的阳台上便可看到玉龙雪山，酒店早餐提供的品种多为折耳根和当地的米线及粑粑。我每天下班后的时间是步行到古城内的新华书店去看书，回来时买几颗青皮的核桃做零食。

第二次去丽江是在我生日之前的三天，这次是由大理抵达丽江，路程上不太感到辛苦。到达丽江的当天刚好是生日。我在古城的民宿里要了一碗面和一条烤鱼。因为是故地重游，所以身心放松，以前的同事梅子建议我说最近玉龙雪山只有很少的雪，你去梅里雪山吧。

第三次去丽江是因为朋友们知道我对丽江很熟悉，他们一直嚷着要组团去一次丽江。2011年的中秋前夕，我做了个攻略，瞬间得到三位姑娘的支持，大家从三个城市出发，然后在昆明机场会合，开始丽江之旅。

在机场见到三位姑娘以后，大家都很兴奋，我是第一次和这么多人一起出来玩，她们则是第一次到云南，从昆明到大理的大巴上，大家一直说个不停。

我们的目的地是丽江，途中只在大理停留了一晚。

依然是傍晚到达丽江，民宿的管家来接我们。行李箱在古城的石板路上咯咯地响。姑娘们的心情与我初次和大研古城见面一样，眼睛不停地看向纳西族文化呈现出来的不同的手工艺品、壁画、建筑，嘴巴里不断发出赞美声。

我们登上丽江古城的制高点"万古楼"，夕阳把余晖洒在了千家万户的屋檐上，原本灰色的屋脊和青瓦像是披了一层金橘色的轻纱，有着梦幻般的美丽，那些房子变成了仙境里的亭台楼阁。放眼望去，玉龙雪山在云层中若隐若现，它是纳西族的神山，此刻更像是一条玉龙盘旋在天空之中，保护着这个古老而善良的民族。

丽江，在很多人的心中是一个梦。它是"南方丝绸之路"和"茶马古道"的重镇，走在它千年氤氲的青石板路上，仿佛还能听到当年马铃的声音。丽江于我，是一个有过愉快工作经历和开心游玩过的城市，它宽厚温暖地接纳了我。我会一直记得并且感谢它。

从丽江回来后，我又去过很多的地方，但是，唯有这里，让我念念不忘。我还会再来，丽江！

路过成都

　　成都，到过，也是路过。往复有三次。第一次是十八年之前，当时是工作培训，在郊外的一家酒店，封闭式待了一周，最后直接飞回工作地，也就是放风的半天出来走了一条巷子，隔窗听着家家户户都是搓麻将的声音。第二次是在培训后的次年春天，应邀而至，结果我心里存了要南上深圳的想法，两天后便告别业内前辈的挽留，离开成都。最后一次到成都算来也有五年了，朋友半年前告知的婚礼在成都附近的小城举行，结束后我在成都逗留了三天。

　　来了三次成都，都是在春天。印象最深的还是最后一次待在成都的三天。

　　我订的酒店在春熙路附近，从酒店出来，先在巷子的尽头吃了一碗担担面。早晨，小店的生意很忙，吃面的程序和苏杭很是不同，店家问你要几两，而不是大份或小份，我思索了半天，和店家说，就要最少的分量。我想着，即便是少了，再加应该也是可以的，多了，浪费总是不好的，结果面上来，刚刚好吃完，还学着当地人的模样，加了一勺辣椒。成都的辣椒很香，让我这久居江南的人吃起来毫无负担。

每个城市都有一条极具代表性的商业街，春熙路便是成都的代表。这条路有点像北京的王府井大街，街头建筑奢华，招牌林立，走了半条街，我便折回往宽窄巷子去了。

宽窄巷子是由宽巷子、窄巷子、井巷子平行组成的街区，逛起来比较有年代的质感，这些巷子都是清朝时遗留下来的，有几处仿四合院现在是私房菜或文创商店，挂着长形的灯笼，里面有木榻，上面整齐地放着绣有蜀绣的靠垫，我进去坐了一坐，很惬意。我在一条巷子的茶馆里看了变脸，一碗茶的工夫，川剧演员在台上已经展示了十几种面部情绪的变化，真是叹为观止。

第二天我去了浣花溪，这里有"杜甫草堂"。诗人当年为避"安史之乱"流寓成都时所居，杜甫在这里住了四年，诗歌写了两百多首，可见他也是喜欢这里的。草堂最初不过是茅屋，落成后先称"成都草堂"，诗人曾写下"万里桥西一草堂，百花潭水即沧浪"的句子，城里有诗人的朋友严武。诗人过得并不寂寞，但是严武病逝后，诗人也携家离开，草堂破败。一直到韦庄来寻，又重启修缮，草堂才得以保留。我看到的"杜甫草堂"面积阔大，从门口进来的回廊对称工整，往里走，流水迁转，小桥相衔，种有密竹成排，显得幽深静谧。慢慢地行走在廊前阁下，恍惚中，看见远处似是杜少陵回来了，抚着胡子站在墙下，欣赏自己写下的旧诗。

天色渐渐暗了，从草堂出来，又看见"浣花祠"，想起来杜甫离开草堂后这里还住过一位冀国的浣花夫人。

因为假期结束，赶回杭州工作，所以没有去成都更多的地方。离开的时候，司机问我说，是不是第一次来成都，我说十几年前便来过了，他惊讶地回头看了我一眼说，那你这次是来看望故人吗？我笑着说是。

世事多变，不过十余年，当年十分提携我的那位前辈也回了狮城，再也没有见过。我犹记得她喜欢吃成都的米饭，说是和别处不同。在成都住了很久的少陵和他的故人，也已经早就不在了，而我对于成都，只是路过。

初夏的青岛

我到青岛的时候，是初夏。

住在栈桥附近的民宿里。傍晚的时候出来，栈桥的海风微凉，满街的海鲜大排档都飘着炭烤生蚝和辣炒蛤蜊的味道。青岛东临黄海，海鲜丰富，店家对于海鲜的烹饪深谙其道，很多店家都会包韭菜蛤蜊和韭菜海肠馅的饺子，味道很是鲜美。

初夏的青岛正值樱桃季，鲜艳欲滴的樱桃只要五块钱一斤，写在一块牛皮纸板上，大街小巷都是樱桃的香。那荆条编的大筐，垫了些叶子和细草就装满了樱桃，粉红的小果子，让人忍不住走过去称上二斤，街上有很多拎着樱桃行走的人。

在青岛坐公交车，弯曲起伏的交通貌似身处异域，两眼尽是青葱高挺的白桦和青杨树。初夏的日头并不热烈，阳光投射在绿化带的草丛中，显得影影绰绰，风情万种。我想起地理百科中曾讲到的，青岛的大地构造位置为新华夏隆起带次级构造单元，火山岩发育充分，在青岛市出露十分广泛，为海滨丘陵城市。市区全坐落在花岗岩之上。我感觉自己行走在白垩世纪的地面上，立马文艺了很多。

青岛的餐厅大多以海鲜为主，硕大的海鲜池足足占了一层楼的大半面积。海鲜品种极多，享尽黄海富饶物产的人们对于淡水鱼类，大有不屑一顾的样子。他们更喜食深水海鲜，除了本地海鲜外，外海的海鲜也有很多，那是 2005 年，帝王蟹养了几个池子，名字还叫蜘蛛蟹，庞然大物并没有现在这么受欢迎。冰鲜台上摆满了进口的苏眉和红色的东星斑，海鲜池里也养着活的海参，趴在厚厚的玻璃钢壁上，一动不动。

我又去八大关，和朋友把八条马路每一条都走了一遍，我们极力辨别每一条路上树和花的名字，有碧桃、紫薇、银杏、枫树、海棠、桃树、柏树。树影婆娑，集多国建筑风格的别墅群，让我又觉得是身在异域，不禁要装起文艺来。

青岛得名于很多年以前城区一海湾内的小岛，岛上绿树成荫，终年郁郁葱葱，因此此城命名为"青岛"。如今我来到的青岛，依然是绿意环绕，碧海蓝天。

初夏的青岛，天气晴朗，空气清新，走在海边，人都不禁放松了起来。海水拍打着石块和沙滩，随意又温柔。和朋友把鞋拎在手里，从八大关走出来，夕阳西斜，那刚刚数过的青松和翠柏如同老朋友一样，摇着头给我们打招呼，回到民宿才想起来整整一天都在外面，忽然觉得有点累了。躺在床上，民宿房间的屋顶刷成了海军蓝，闭眼睡去，梦中似乎听到了海浪声。

青岛四季风景各不相同，我还是喜欢这初夏的青岛，绿是浅绿、深绿交错，红有樱桃红和八大关的红砖着色，蓝又是天蓝蓝和海蓝蓝，站在栈桥上，海风送来微凉，这是青岛初夏的味道。

杧果香的广州

老舍写过一篇《春来忆广州》，忆的是广州的花，广州也称"花城"，居民的院里院外，四季都有花开。

我到广州的时候，也是春季。因为每天要出去应聘，没什么心情专门看花城的花，工作后倒是对广州的杧果印象颇深。那在酒店外天桥上担着两个小筐卖杧果的本地阿婆，神情和蔼，她们不善于讲普通话，会用手比画一块钱两只。是的，2003 年五月份，橘黄色甜到心坎里的杧果就是这个价格，个头不大，我吃了很多个。

永远记得 2003 年的春天，我由冀中腹地的家中出发，往南。那时候我有一份外企的终端销售工作，业绩不错，收入也不错，春节年会，远在美国的老板还发来视频问候。南下，重新开始，没有一个人支持，临走时，同学哲送我，我把几棵养在瓶子里的竹送给她。

北方还是料峭春寒，广州早已春暖花开。我和同乡一位姑娘一起租了房子，每天买一份报纸查看招聘信息。我几乎跑遍了整个市区的酒店，最后收到了一家四星级酒店的入职通知。

入职后发现，同事们大多是广州本地人，他们待我很好。餐厅每次开会都是讲粤语，经理怕我听不懂，总是用蹩脚的普通话再说一遍，我尤为感激。

每日下班后，我换了便装，穿过酒店前面的天桥去对面的书店看书。天桥上售卖的杧果价格便宜，虽个头不大，但味道香甜，每次看完书回来买几个，临睡前吃完。宿舍里的女孩子笑我说，怎么吃这么小的杧果，广州有很多水果，比如杨桃、荔枝、番石榴等。我看看她们回答，我爱吃杧果，而且这种小个的杧果味道很甜又很香，她们便不说什么，有时候还从家里给我带很大个的杧果，说让我比较一下味道。

在广州频繁应聘的那十几天里，每天出去都坐公交车，在电脑上查来的路线也不是很清楚，就在上车的时候问司机，幸运的是我遇到的司机，每一位都准确地告知我离目的地最近的那个站，有时候还被提醒不要被骗，他们很别扭地讲普通话的样子，显得特别真诚和可爱，我对广州的好印象从此产生，从未遇到一人对我的问路表露过不耐烦的样子，我由衷地感谢他们。

酒店里的同事觉得我是一个人从北方到岭南来，又听不懂粤语，所以每次在宿舍里讲话，都对我说普通话，有时候还打趣地问我一些儿化音，她们会觉得普通话里的儿化音比较好听，学上半天问我说得像不像，我听着她们的发音，总忍不住大笑。

有同事回家和妈妈讲，说来了一位新同事，是北方人。妈妈让她带我回家吃饭，我推托几次，她便说她们家种着很多杧果树，都要熟了，我是没有见过杧果在树上成熟的样子，下了班去她家吃晚饭，阿姨做了很多本地菜给我吃，怕我吃不惯，还特地去超市买来包子和饼。席间又问我是不是不喜欢喝家里煲的汤，要不要另外准备白粥。我深怀感谢，不停地站起来致歉，觉得非常打扰人家，同事看着我笑，给我夹很多的菜，让我多吃点。临走时，阿姨还拿出一袋子杧果，说知道我爱吃，硬塞给我带回宿舍。

在酒店休假的时候，和同事们一起约着去喝午茶，餐厅里的点心有特价，很多品种都三块八，我们每次都吃得很是尽兴，等到晚上了，又出去喝晚茶，晚茶总是有汤粉，我喜欢叉烧汤河粉和干炒牛河，她们每次都点上，说不能亏待我一个北方人。大家都是同事，她们却待我如客人一般，我有时候会买些当地的水果给她们吃，她们说，喜欢吃苹果和雪梨。我说这是我在北方常吃的，来到广州肯定吃这里的水果呀，她们又笑着说，你肯定知道这里苹果卖得贵，所以不舍得。

同事们也都是旅游院校毕业的，不过她们都是在本市读书的。我在宿舍里经常给她们分享鲁菜和京菜，她们也会教我海鲜的做法和粤菜的开单标准。在酒店工作的日子，很是开心，也感受到了岭南人的热情和友善。

离开广州到深圳，同事们都很是舍不得，人事部经理还特地到宿舍来找我，给我说了好多祝福和鼓励的话。在广州的最后一餐是和大家一起出去吃，她们点了杧果西米露和杧果布丁，饭后还送了我几颗很大个的杧果。

和她们告别后，很多年来再也没有见过。只是在后来的一些年里，每逢出差广州，我便想起广州的杧果。广州在我的印象中，也总是带着杧果的香甜。

情不知所起，一往而深

去北京的皇家粮仓看厅堂版的《牡丹亭》，戏台设于仓内，不大。我买了中间座位的票，刚好对着戏台的中央。

情不知所起，一往而深。那位因情深而相思至深离去的女子是杜丽娘。"天下女子有情，宁有如杜丽娘者乎"！纵观天下女子有情者，没有人能和杜丽娘并论。她只是做了一个梦，在春天刚来的花园里，杜丽娘不过是走了几步，便累了，丫鬟扶她坐在亭子里，她看着满园春色，倏然间便伤感了起来。只是一梦，在梦中即生了相思，春风是暖的，只是还没有完全苏醒，那一丝的凉意惊醒了杜丽娘的梦，醒来后便一病不起，郁郁而终。她知道自己要走了，勉强起来，梳妆打扮了一番，照着菱花镜里的模样给自己画了一张画像，嘱咐丫鬟在她走后记得把画随身而放。三年后书生柳梦梅进京赶考，借宿杜府，书读得倦了，闲步后花园拾得一幅画，打开来竟是小姐的画像，画中人似是哪里见过，他声声唤来，画中娘子翩然落于身前，成就了一对才子佳话。

《诗经》中有说："关关雎鸠，在河之洲；窈窕淑女，君子好逑。"想来柳梦梅便是那求得淑女的君子。只看得一眼画像的女子便种了深情，情深至切非求得而不舍，终将那沉睡三年的杜丽娘唤醒，走下画来。

汤显祖写杜丽娘曰：如杜丽娘者，乃可谓有情人耳。情不知所起，一往而深，生者可以死，死者可以生。生而不可与死，死而不可复生者，皆非情之至也。你看，这是多么决绝的话。他说，如是情深则死者可以复生，不复者，还不都是因为你深情不够。读来难免使人心疑，文人总是多痴狂。不过细想开来，倒是有些"有情人终成眷属"的意思，倒也不好再去怪他了。

演员在台上演绎着这流传千古的《牡丹亭》。仓中灯暗，杜丽娘的水袖和缎鞋在戏台的中央来回旋转，她醒了，被柳梦梅真切的呼唤和执着的深情唤醒，一对璧人相执泪眼，又互相浅笑着向观众致谢，落幕。

我从粮仓走出，尘世里，霓虹初上，恍如梦醒。

皇家粮仓始建于明代，历经几朝先后被作为粮仓、军火仓、日用品仓，前几年被改造，其中一仓设戏台，驻演《牡丹亭》。

汤显祖生于明朝，出身书香门第，自幼天资聪明，精于古文诗词。他对仕途失望后，潜心戏剧创作，如今他的代表作能在千年后的粮仓之中现于后世，谁说不似梦一场，当然，这也是人们对传统戏剧文化的梦，是人们对昆曲的情深所致。

一个人的话剧

朋友间曾流行过一个测试。大意是一个人可以做些什么？以此来确定一个人的孤独等级。有相熟的姑娘特地来问，是不是一个人做过手术，我回答她，一个人去过医院，但是没有做手术，她惊讶地看着我，失意地说了一声，那你也就八级，我还以为你是终极孤独呢。

在我看来，人本就是独立的个体，一个人来也会一个人走，这是生命的常态。我习惯一个人去图书馆、电影院、菜市场，也会一个人听昆曲和看话剧。

我喜欢话剧的对话形式。它不同于其他传统戏剧，叙述手段多为对白或独白。话剧是外来的戏剧形式。演绎之初，曾用过"文明戏"的名字。

看话剧最多的城市是在北京。有一年秋天，去国家话剧院看袁泉主演的《琥珀》，孟京辉为导演，我了解这部剧还是因为先看了廖一梅的小说。后来又看《恋爱中的犀牛》，那时候段奕宏还不是影帝，齐溪也少为人知。再看袁泉版的《暗恋桃花源》就已经在深圳了，她的《简·爱》巡演我又回到了苏州。

剧院里的演出和影院不同。这里没有人吃爆米花也没有人喝可乐。大家都很安静，大幕拉开至结束，几乎无人耳语。演员在台上，观众的关注力也在台上，演员的一颦一笑，灯光的前后变换，幕布交替如同四季更替，剧中的悲欢惹人潸然泪下，剧中的离合又让人忍不住低首浅笑。剧终，演员谢幕，先是配角出来，在舞台的中央鞠躬致谢，最后站成一排迎接主角回台，主角先是向合作者颔首，来到舞台中央后郑重地向观众弯腰，这时候楼上、楼下的观众才叫起好来，不约而同地鼓掌，主角并不说话，伸出右臂、伸出左臂向大家致以诚挚的感谢，再联合所有同台者，一起向前几步再次致谢，如此往复，演员与观众的心中同频共振产生感动。我甚至觉得，话剧的谢幕形式本身也是一种对话，这种对话无关所有，只因懂得。

从剧院出来，看着鱼贯而行的人们，每一位的脸上莫不带了欣喜的样子，和身边的朋友急切地讨论剧中人物的爱恨和取舍。我一个人，走出剧院的大门，有风吹过来，抬头看天，苍穹无垠，点点星光闪烁。朋友中有同爱话剧者，也常一个人来看，有时候，剧目开场前，她发微信给我，今天在吗？我发票根给她，她向我招招手。

话剧演员比起电视剧的演员，自然是少了许多。但并未因此减少它的魅力，反之爱它的皆都大爱，有时候，为了一场剧，不惜飞越千里，只为那一出剧。

也有人说，人生如戏，戏如人生。在我看来，人本就是独立的个体，一个人来也会一个人走，这是生命的常态。我依然习惯一个人去图书馆、电影院、菜市场，也还会继续一个人去听昆曲和看话剧。

电影时光

　　还记得小时候看电影是村子里放的，大多是在夏天，听了大队的广播，知道晚上要放电影，吃完晚饭，很多小朋友就会拿着小板凳早早地去占个位子。

　　小时候看过的电影名字已经记不得了，只记得看电影时候的那份快乐，很单纯也很开心。露天的电影声音很大，电影还没开始放的时候，孩子们在投影的幕布前跑来跑去，一群小脑袋晃得大人们各自叫喊着自己家的孩子不要乱动，我约了同学坐在一起，一边看电影一边说悄悄话，结果电影还没有放完就被母亲捉回去睡觉了，只好拿着小板凳和同学告别。即便是这样，也总会为了看了一场电影而感到不同，关于电影的结尾，母亲总是说她上次看过的，在回家的路上，母亲总会简单地告诉我电影的主角和配角谁还活着，谁死了，于是我便有了一个结局，晚上睡个好觉。

　　大学毕业后，自己有了实习工资，虽然少，好在自由支配。那时候的电影票不过十块钱，电影在市里的工人文化宫放映，每逢新片，文化宫门前连停自行车的地方都没有。我和同学相约坐公交车去看，现场买票。记得有一次是看《宝莲灯》，非常好看的动画片，故事感人至深，片尾曲

《爱就一个字》让我边听边哭，从电影院出来，跑去买张信哲的磁带，和同学换着听了很久。然后电影开始有贺岁片的概念，大都在春节前上映，连看了好几年。直到市里面开始有新的电影院开出来，和同学骑单车，赶去一个新的放映厅感受所谓的环绕立体声，还知道戴着眼镜可以身临其境的是立体多维的 3D 电影。

后来，我因到南方求职，身边没有太熟悉的朋友，便常常一个人去书店看书或者去影院看电影，广州天河影院的电影票 60 元一张，让我心疼了好长时间。实在爱看，便去办一张影院的会员卡，每年看电影的费用成了一笔固定开销。直到团购的消费方式开始推广，电影院常有预售的优惠影票，这样可以满足自己密集性地看电影，电影院多设在综合一体性消费的购物中心内，逛街、吃饭、看电影成了和朋友约会的最好安排。

也有朋友不喜欢看电影，说是坐在暗暗的环境里，没有安全感。我笑她胆小，便约在书店喝茶或者寺院抄经，这样的相见也变得更有趣起来。

有的朋友喜欢看恐怖片，在家看不过瘾，一定要到影院看，说是氛围逼真，我是不敢的，所以每次电影票各自买各自的，差不多场次就行，看完后再一起走出来去坐地铁回家。

有一次和母亲通电话，她语气兴奋地说，影院有集赞活动，她和弟妹完成了任务，一起去看了场免费的电影，听起来很是开心，我问她看的什么片子，她说不记得了，只是觉得很好看。我忽然想起来小时候母亲夜晚把我从村子里露天电影院接回家的情景。20 年的光阴，恍如昨日，母亲年纪大了，如今生活条件好了很多，母亲的视力也没有问题，但她还未曾舍得花钱去看过一场电影。我回老家时，母亲怕我待在家里无聊，还催促我说你去找朋友一起看场电影吧，出门前还不忘告诉我说城里的哪一家影院大概是新开的，人多，应该是观影效果好。等我看完回来，母亲只问，好看不，我答好看，她便开心，觉得自己推荐得当，好有成就感的样子。

电影如今已经成为我日常消费的一部分了，之前不好意思一个人进电影院的朋友现在给我介绍说，下次带你去一家个人影院，可以点片，给你不一样的观影体验，我说好。

我还经常想起小时候看电影的时光，那是一段纯粹快乐的童年记忆。我也感谢科技的发展和电影制作水平的不断提高，让我有了更多的文化感受和感官体验。电影不仅拓展了我的视野，也开阔了我的人生，电影世界的多元化让我更多地观我和观他，世界很小，心界很大，美妙的电影时光。

第五辑　深爱这个明亮如初的世界

加德满都的洒红节

知道加德满都，是在三毛的书里。听完加德满都的风铃，便想着要去了。

真的要动身去尼泊尔，却是另一个理由："洒红节。"

"洒红节"也叫"色彩节"，是印度传统节日，相当于新年，是色彩的狂欢。

初到加德满都，城市的颜色一下子回到了多年前的北方。黄土、尘土、街旁的树叶都蒙着一层灰土，还有飞翔飘舞的白色塑料袋，电线杆立于地面，黑色的电线纵横交错，抬头望去，偶尔有一两只灰色的麻雀落在上面。

加德满都海拔1400米左右，位于喜马拉雅的南坡，是谷地城市。迎着印度洋的暖流，常年气温在20摄氏度左右。城市有1200多年历史，我跟在户外俱乐部的队尾，臆想1200年来这里发生了什么，一边想一边跟着他们上了天桥。

站在巴德冈的广场，有猴子坐在古庙之上。这里曾是摩拉王朝的都城，古迹久负盛名。我们在广场上逗留了很长时间，午后的阳光照在地上，悠闲的人们散坐在古迹的周围，因地震而倾斜的宫殿外墙被很多根红褐色的木柱支撑着，形成一道别致的风景。没有人喧哗，白鸽在广场的中心漫步，然后又盘旋飞起。我往左边回头，看见穿着学生装的少年并肩走在阳光里，光影掠过古老的宫殿和年轻的他们，我心底有一股莫名的神圣感，仿佛看见了过去与未来。

晚上住在城郊，酒店豪华而整洁。花园草地上有当地客人的派对，看样子是某种联谊，他们都穿着制服，俨然一副城市精英的模样。这和白日里在广场上看到的席衣而卧的老人，截然不同。

洒红节开始了，不同皮肤的人们奔向同一个方向。路上有些堵车，那些车的后斗上面装满了孩子，他们挥舞着臂膀向所有人问好，用英语和中文。

我们到达地点后已经人山人海了，来的路上被当地的孩子用水枪冲得满身是水，这是他们表达善意和祝福的一种方式，我们也在尖叫声中回礼。洒红节因色彩明亮而让人感到喜庆，那些红的、蓝的、黄的不同的颜料都是由花草制成的，对皮肤没有伤害，也容易洗去。在我们找合适的位置时，我们的脸上、身上已经被孩子们偷偷地抹得满脸满身都是色彩，看不见真容了，大家面面相觑，哈哈大笑，像是回到了孩童时代。台上有乐队演奏，演员们也是满脸的彩色。气氛忽然被带动了起来，不用任何语言，欢快的笑声淹没在色彩的海洋里。人群中洒向天空的颜料腾空升起，像花朵也像云朵，无数人头顶斑斓，空气中弥漫着尽情欢乐的味道。

有人过来和我们一起拍照，所有人蜂拥而上，只看到彼此的眼睛和笑出来的牙齿。快门刚一按下，他们又跑去跳舞了，乐声达到高潮，他们挥起双手向我们致谢，瞬间又消失在舞台的中央。

退回到一角，才发现众多的长枪短炮（镜头）正对着跳跃的人群，摄影师的脸上也涂了不同的颜色。镜头用手帕包裹着，摄影师们在"偷拍"这欢快的盛宴。

洒红节象征冬天结束，春天到来，在当地人的心里，洒红节也传承了古老的美好，象征着正义对邪恶的胜利。在新的纪元里，洒红节渐渐演变成人们消除误解和怨恨，捐弃前嫌，重归于好的节日。

小樽

朋友们知道我学了几年的日语，一直说请我作为翻译，带他们去日本自由行，实际上，我忘了所有的单词，只记得几句简单的问好语了。所以，去东京我觉得甚是不好意思，便约了美人一起去小樽。

小樽位于北海道的西南部，临石狩湾，属于札幌都市圈。曾是北海道西海岸的经济中心。一百多年前的北海道极尽繁荣，运河沿岸密密匝匝的仓库记录着昔日繁华的景象。我们到小樽时，仓库已经改建，大多改为餐馆、工艺品商店和售卖冰淇淋的甜品店。

运河的晚上灯光呈琉璃色，时值五月，空气清冷。离积雪的小樽还有很久的时间，樱花又是刚刚开完，所以游人很少。我们吃完晚饭后沿着运河的商铺一家一家逛过去，店员都很有礼貌，有的玻璃窗内贴着招工启事，年龄止于65岁，我和美人相视一笑，说余生很长，请爱惜每一个带薪的假期。

次日早起，到朝日早市去吃鱼籽饭。一大碗的鱼籽，肥嫩香甜，入口即化。米饭是新蒸的，配上味噌汤，果腹极度舒适。美人不吃生食，她叫了猪排饭。店里都是60岁以上的老人，穿戴整齐，眉目和善，看见我们低首含笑，轻声地问从哪里来？我用简单的单词回答他们，告诉他们我们来自中国上海，其中一位先生探头问好，说是他几年前去过上海的，很漂亮的城市，我们也笑。因词量实在有限，只能指着早饭用日文说很好吃，以此来转移话题。

白天的运河和晚上比人稍微多了一些。每一座仓库的外墙上都有不同的喷绘，显得热烈而艺术。小樽也被称为"坡城"，在城市里行走，会有高低落差很大的马路，缓行爬坡。从天狗山上俯瞰整座城市，安静得像是一片湖水。街道上干净而整洁，一路走来不曾看见有车辆乱停。我们坐了一小段路的公交车，仿佛置身于《情书》里的情景，清纯又美好。

往日的国际货轮已经不见身影，我们走上码头，湛蓝的海水拍打着岸边的巨石。邻近的仓库铁门把手有些生锈，我和美人靠在上面拍照，效果很有年代感。坐在码头上泊船的铁栓处，海风静静地吹过来，阳光很好，洒在海面上，像是铺了一块银色的锡箔纸，折射出来的温柔的光随着海面荡漾。

港口的码头很是寂静，我们坐了好久都没有人来。下午的时候竟有些饿了，把打包的一盒日式饺子打开来吃。店家细心地配了只有五毫升装的陈醋和辣酱，吃完后夕阳西斜，海面的浪花大了些，拍打巨石的声音也渐渐地响了起来。我们起身穿上外套，那一抹余晖倾泻在美人的右侧，像森林深处的麋鹿，惊奇地跳跃着。身后的仓库也投下了三角形的影子，不断拉长去。

我们走回到运河的桥上，夕阳已经完全下沉，我们坐了一下午的地方，暗得有些看不清了，码头更静了，海水和天际混成一片，不见了。

小樽运河两侧的煤气灯亮起来了，倒映在河面上，好像是一盏一盏黄色温暖的灯光，从河面上散发出来。

清迈千灯节

墨迹唐说这次和我一起出游，实现了她多年的夙愿。我不解，几年前也是一起去过云南的。她又解释，上次是四个人，这次是两个人。好吧，带着这份小确幸，我们约在了浦东机场。

墨迹唐是我的旧友。相识十几年，一起辗转南北多城工作，机票是初夏就订好的，11月的千灯节是清迈的盛事，吸引众多游客前往。

到达清迈机场，湿热的空气扑面而来。这个全年处于热带气温的城市，空气有点湿漉漉的。清迈位于泰国北部，以放空（发呆）、修行、美食而成为背包客的必经之地。

千灯节，也被称为天灯节，以万盏孔明灯同时升空而闻名。在节日开始之初，先是有各寺的点灯仪式、兰纳舞蹈、放水灯、放天灯、祈福、花车游行等一系列的活动。万人天灯设在湄洲大学后面的兰纳佛教中心。

泰国之前也来过的，只是去了曼谷和海边。所以和清迈算是初见。提前订了民宿，是一间满院花香的二层建筑。院子里只留了一条很窄的小路，空地上种着合欢、白掌、凤尾和滴水观音，还养了几只颜色斑斓的鸟，一只黑猫卧在花架上，半睁着琥珀色的眼睛，还有一只斑纹猫在花架之间飞跃，拱起身子打量着拉着行李箱的我们。我们探寻着，走过"茂密"的小路尽头，才看到一扇玻璃门，管家在里面小憩。

办好入住手续，我们住在二楼。房间的两张床铺了不同颜色碎花的纯棉床单，还支了纱幔的帐子。墨迹唐说她喜欢这样的摆设，我白了她一眼，不做攻略的人必须无条件地赞美。

我们早到了几天，定了次日先去看点灯仪式。

在一个寺里等了很久，和旁边的人确定今晚会有点灯仪式才放下心来。

夜幕降临，进来寺里的人多了起来。院内几辆花车的油灯也点亮了，我们过去拍照，粗粗的灯芯围绕着很多圈的黄色光晕，让人感到内心安宁和平静。

僧人穿着黄色的僧袍列队而出，走得近了，看见都是些眉清目秀的年轻人。他们双手合十，低首闭目，念着带有乐感的经文。缓缓走到寺院内的菩提树下，其中一位年轻的僧人开始点灯，他虔诚地弯下腰去，半跪在树下的灯前，一边念着经文，一边点亮面前的佛灯。第一盏、第二盏，围绕在树下的佛灯在尘世里发出温暖的光，僧人们开始巡回走动，经文的声音越来越大，在场的人们都被感染了。不约而同地双手合十垂目低首，分别在心中祈福。

点灯仪式持续了很长的时间，结束后人们都面向身边陌生的朋友报以善意的微笑。我们随着人群在静谧如水的月色下，走出寺院的大门。

在塔佩门逛完夜市，我和墨迹唐坐蹦蹦车回民宿休息。期待着万盏孔明灯的放飞。

去往湄洲大学后面的佛寺，要经过一长段的路。我们在路口下了车，清迈郊外的傍晚，空气里还有余温。边走边玩儿，路上的路灯很少。路旁边的田里散种了一些旱荷，没有盛放的荷花，墨绿的荷叶丛里偶有几朵菡萏冒出来。挨着路边隆起的土脊上新插了很多树枝，在树枝的头起用铁丝绑着一只空的饮料瓶，里面大概放了油，一根长的白色的灯芯点着，亮光在半明的傍晚摇曳地晃着。

我们在路边买了两只孔明灯，自己可以在上面写下祝福的话，我写了：愿我安好之人都得安好！用以回报记挂我的亲人和朋友。墨迹唐写了祝福母亲和小弟健康快乐！我们拎着两只灯笼，和聚集在寺外的人们一起等待。

千灯节期间，清迈城内有免费的放灯地点，万人天灯是收费的，我们查到票价已经炒到了两千多，和墨迹唐商量后决定在寺外放灯。

天黑的时候，寺外的河边密密麻麻坐了很多人，一眼望去看不到边。大家都离得很近，自觉地排队，每个人的手里都拿着写了祝福语的孔明灯，低声地交谈。我看见那字体有中文简体和繁体，还有韩文和日文，英文也很多。大家参考灯上写的文字，猜测对方的来处，然后试着用英语确定猜得正确与否。不一会儿人群里便发出阵阵笑声，双方先是用英文问好，再用对方的语言问好，气氛一下子便活跃起来。墨迹唐的白话极好，和右边的香港人聊得起兴，人家还夸她讲得正宗，大姐是一个人来的，非要塞给我们一把芭蕉，说是买多了，吃不完。

寺内的梵音传来，大家都安静了起来。只听到寺内佛声一片，想来必是高僧云集，放灯仪式开始了。

夜色完全黑了下来。不知是谁看见几只孔明灯由寺院内升上天空，飘向寺外，人群中开始嘈杂，有的人站了起来，撑开孔明灯点燃。一个打火机就这样被无数只手传来传去，更多的孔明灯被一一点燃了，外面的孔明灯也升上天空，和寺内的孔明灯呼应着，一起去了更高更远的地方。

寺里升起来的灯开始多了起来，我和墨迹唐也点燃了自己的那一盏，她先放，撑着灯她默念心愿，等她的灯顺利升上了天空，她帮我撑着，让我点燃，我放飞了自己的那一盏。看着它徐徐地上升，忽然被另外一盏灯碰了一下，吓得我们追着灯的方向，双手助力，让我的灯升得更高，又看见墨迹唐的那一盏，我的灯也追了上去，和她的灯肩并肩挨着头一起升上了天空，我们写在那灯上的字，忽明忽暗，墨迹唐紧握着我的手说，你看你看，它们都升上去了。它们越飞越远直到消失在众多的灯之间。这时候我才发现，墨迹唐很用力，我的手都被她握疼了，她看见我注视着她，不好意思地笑了一下说真好，那一刹那，我们的眼里都腾起了雾气，十几年的聚散分离，无数个加班至深夜的日子，被否定、被比较、被传谣言，我们经过了岁月洗礼的感情，我们是除了家人以外最挚爱的朋友。这些话说出来很是煽情，我知道，墨迹唐也如此想，然后把它们放在了心里。

寺内乐声大作，无数只孔明灯争先恐后地飞出了高墙，飞向了天空。黑夜被照亮，寺外的人们和着寺内的欢呼，大家未曾谋面，却心有灵犀，那欢快的呼声冲破了云层，直上苍穹。

高棉的微笑

去柬埔寨的时候是八月，天气炎热。

当然，是为了看吴哥窟，那是吴哥王朝曾经的辉煌。

吴哥窟是最早的高棉式建筑，也是世界上最大的庙宇，被称为柬埔寨国宝。

我们到达吴哥窟的时候是下午，车停在马路的右侧，马路上有很多女孩子挽着花篮卖简易的头花和鲜花，她们看起来年龄都很小，皮肤黝黑，脸上都是汗，有游客向前问价，她们羞涩地低下头拿起一朵花给游客试戴，用英语说，很漂亮。

不知道我们走的是不是正门，几个穿着军装制服的人合力拉起一条很长的绳子，导游把票给他们看，他们把绳子落地放行，我感觉到诧异，这一座世界遗产，门面和防护竟然如此简陋。

往里走是一条郁郁葱葱的森林大路，之所以说是大路，是因为道路很宽，黄土路面上铺着几块青石，路边长满了青苔，这已经是古迹的一部分了。

吴哥窟的规模很大，走到开阔处，赫然一堆倾倒的巨石出现在眼前，当地的小朋友赤脚在上面跳跃着行走，像是穿梭在林间的猴子那般矫健。吴哥窟的建筑都是用砂石砌成的，回廊和塔门显得庄严无比，建筑都很高，台基很长，走了很久，站在廊柱之间，来时的路影影绰绰隐身在层叠的林木之中。忽然下起雨来，雨下得很急，天边有红霞飞来，太阳躲在云后，我坐在廊台之上，看着这庞大的古建筑群，心里一片宁静。有一位披着雨衣的姑娘来请我帮她拍照，我问她是不是日本人，她听见我说日语，满目惊喜，不停地说谢谢，其实我只记得简单的几句，可能在异国意外听到乡音，她是由衷地高兴。

倒在地上的巨大建筑，并无特别处理。它们仿佛在沉睡，任由身体上生了杂草与虫蚁。大树的根系也缠绕在它们周围，有的拦腰而过，我看着那不是无视，而是拥抱。

雨停了，阳光重新射进回廊，我们站在廊柱的影子上看浮雕，浮雕在回廊的墙上。色彩绚丽，笔触细腻，这些都是关于印度教大神毗湿奴的传说，在《摩诃婆罗多》中有记载。我只看懂一点画面和印象中的神话片段，依稀还原出几处高棉人抵抗敌人入侵的画面。因浮雕的面部多以神鬼示人，且表情都已斑驳难认，心中有点害怕，便走了出来。

高棉的微笑在巴戎寺中，巴戎寺有 49 座巨大的四面佛雕像，那佛像的面容是典型的高棉人的面容，每尊佛面都带有微笑。也有人说这佛面是神王七世的面容，他微笑着看着高棉和世间。

建筑群高低不同，但都呈倒金字塔形，佛面朝着四个方向。从任何一个角度看，那安详的笑容都在注视着你。这微笑看淡了吴哥王朝的兴衰成败，也笑迎着远方千里之外的来客。

西贡初印象

西贡是越南胡志明市的旧称。

西贡在西贡河的右岸。繁华时曾有"巴黎"的景象。只是当我到达西贡并在那里游走了一周之后,感到失望,并无半点巴黎的感觉。西贡1975 年改称为"胡志明市",在我去之前和回来之后,仍习惯性地称它为"西贡"。

冰冰比我先到机场两个小时。她从广州飞,我从浦东飞。等到落地,找到她,再会合去订好的酒店。

在西贡的一周,最大的开支是打车费。因为这是我第一次完全意义上的自由行,冰冰是"90 后",不习惯长时间步行,每当跟着导航走累了,她就问:"这里没有的士吗?"或者"我们没有钱了吗?"看着她求救的眼神,我只好妥协。

我们看到的西贡,潮热、黏湿,建筑物紧凑而无序。市区每到傍晚下班时间,满城的摩托车载着晚归的人们穿梭其中,也有接了孩子放学回家的。密密麻麻的车辆让我误以为回到了多年前的广东某地,汽车的行驶速度非常慢。

白日里走出来，街上的早餐厅兼卖滴漏咖啡，人们不是坐在里面喝，多是在门口摆了一排颜色不同的塑料高脚凳，这不是客人坐的，客人坐着的，反而是矮脚的小凳子，高脚的凳子是放餐用的。咖啡又多是冰的，盛在玻璃杯里，冰块塞了很多，看着像奶茶。一排人坐在那里，各自喝着，并不说话，只是看向街道，因为炎热，街上并没有什么人。到了晚上，酒吧的门口也是如此，只是高脚凳子上换成了啤酒，人也以白皮肤居多，吧内乐声嘈杂。我和冰冰坐在街角吃一碗河粉，汤是真的好，我在广东待过很久，知道这汤头没有唬人。对面是下了晚班的当地女工，用简单的英文和我们交流，猜我们从哪里来，当晚是圣诞前夜，光着上身的长头发小伙子满身刺青，斜坐在一辆豪华摩托车的后座上大肆地嚼着槟榔，满口鲜红。

　　住的酒店在范五老街的附近，回去的路上，我和冰冰在商业区找到了一家"太平洋咖啡"，选了楼上露天的座位，人不多，安静地喝了杯和平常口味无异的冰拿铁。

　　西贡曾经被法国殖民。城区有很多遗留的法式建筑。我们准备去西贡邮局和红教堂。

　　街上开放的公园草地青青。植物种类很多，有酸枝木、毛白杨、木荚豆、紫薇和凤露草，还有合欢树，阳光下合欢花泛着粉红的光晕，细细的树叶挨在一起，并不动，有点大家闺秀的样子。

　　邮局是来西贡的必到之地，据说它和埃菲尔铁塔是同一位建筑师设计的。站在邮局的对面，觉得外观色调明亮一些，里面好看的主要是长条的椭圆屋顶，色彩鲜艳，和地砖的颜色很配。里面可以邮寄明信片，我翻了几张，都是些城市风景，兴趣不大，便出来了。天气很热，找了一家甜品店便坐在里面不想动了。饮料快喝完的时候，听见钟声响起，那是从旁边教堂里传来的，我看了下手表，下午四点钟。太阳好像不是那么烈了。冰冰忽然说："这西贡到底是有点湿漉漉的，改天攒好了钱，我们一起去法国旅游吧。"

　　广场的中心，降下来很多鸽子，开始有人走过来给它们喂食。教堂的钟声又响了起来。

瞥见狮城

我是从马来西亚去的新加坡。可是那次新马之行好像只记得新加坡，直到去年和朋友再去大马浮潜，才想起来，以前来过这里。

新加坡是岛国，毗邻马六甲海峡，是一个多元的移民国家，也是一个发达的国家。

新加坡河的河口上，立有"鱼尾狮"的雕像，这是新加坡精神的象征和标志。珊顿道是狮城的金融中心，摩天大楼林立。我们去了著名的双子塔，和梅子在下面拍照。

圣淘沙是狮城的一个小岛，有绚丽多彩的娱乐城和不同的休闲活动。我和梅子都不太喜欢游戏和博彩，在里面逛了逛便找了个地方喝茶。我翻了一下菜单，价格惊人，体现了发达国家的消费水平。点了杯奶茶和两片吐司，奶茶做好后我有了很多感慨，五年前去港澳自由行，和朋友在免税店狂欢，如今在狮城喝杯奶茶都觉得贵，说到底还是生活战胜了理想。现在，我的薪水已经翻番，但是却生出一种小气的毛病，我在餐台上算了一下，要么重新规划职业，升职加薪，要么就重新规划生活，开源节流。梅子笑我说，这次出来的最大意义，是你近距离地认清了自己。

晚上想和梅子去吃黑椒蟹，最后还是败于团队餐。

圣淘沙本来不过是一个宁静而平凡的小岛，岛上居民靠捕鱼而生，第二次世界大战爆发后，这里成为兵家重镇，岛上变得神秘又冷酷。战争结束，狮城辗转独立，这里开发后被重新赋予了和平与宁静的意义。

狮城不大，但是好玩的地方很多，极具文艺特色的涂鸦和明镜蔚蓝的海滩，我们都没能去看。匆匆返回的时候，梅子问我说，还会来吗？我看着机翼之下的云层，回答她，应该要来的。毕竟这次只是瞥了一眼，是远远不够的。

沙巴的海

　　有人把马来西亚称为大马，其实大马并不大。亚庇是马来西亚沙巴州的首府。和美人说要不要去哪里走一下。她回答，只要是热的地方都可以。11月的苏州还没有冷，但是没有沙巴的海滩暖和，订了机票，从浦东出发。

　　落地沙巴州的哥打京那巴鲁机场是在凌晨。订好的司机来接我们，举着写有中文名字的牌子。从机场出来就感觉到了温差，街上的人不多，灯光也很暗。司机把我们送到酒店后便走了，我们在前台办好入住手续时，已经是凌晨三点了。自由行最大的好处就是可以晚起，我和美人说不要叫我，醒来时她已经下楼逛了一圈回来了，说街上的店铺根本没有开门，农贸市场的早市也只有两家卖早点的。她更喜欢发达国家或新兴城市，回来后坐在房间有点闷闷的。我安慰她说不要颓丧，中午带你去吃海鲜大餐。

　　几年前就想来吃大茄来，特地把酒店订在餐厅的邻近处。阳光很烈，中午11点半餐厅才开始准备工作，我们坐在露天的桌子旁，不一会儿就被太阳赶回了冷气十足的餐厅室内，点了小青龙、青蟹、小象蚌、扇贝和当地的番薯藤，海鲜新鲜，白灼自然是好吃，青蟹用黑椒炒也是鲜香的。午饭后我们按计划先去了博物馆，出来的时候开始下雨，热带的天气终年处于夏天，11 月刚好进入了雨季，不过这雨也是下一会儿便停了。

坐在博物馆的长椅上等雨停了，我们打车到丹绒亚路海滩，这里是观看日落最好的地方。路上有一些堵，看见路边有很多的木麻黄树。虽然天色晚了一点，但还是看到了夕阳沉下海面时的美景。跑向沙滩，海水是暖的，退潮了，不规则形状的沙滩上，细沙浸足了水，踩上去硬度刚好不会使脚陷入，远处咸蛋黄一样的夕阳呈橘红色，一点一点地跳进了海平面。沙滩夜色初上，我们拍了很多的剪影，看上去很是美丽，人显得楚楚动人起来。

次日，订好的车来接我们去著名的美人鱼岛，因为这次出来看海和浮潜是重点，所以提前约了传说中的那艘最豪华的船，双层，而且进岛速度快。

我们走到船的甲板上，深蓝的海水一望无垠，没有任何遮挡物，视野宽阔，海风把头发吹得飞舞起来，我穿了一条红色的长裙，美人站在身后帮我拍照，拍出来的照片极美。只是太阳直射，戴着眼镜也觉得睁不开眼睛。

领队的小黑帮我们找了一块珊瑚礁的聚集地，让我们排队浮潜。有些泳技好的人，扑通一声，从船尾直接跃入海中。我穿着救生圈，漂浮在海面上，往下看，惊艳双眼，海水清澈无比，双目直达海底，各种不知名的小彩鱼在珊瑚礁周围游荡，海底水的颜色开始变浅，那是一种少年般的粉蓝，海底的白沙粒粒分明。我忘了手还扶着安全绳，想起来在泳池里学过的动作，直接扑向了海底。离小彩鱼越来越近了，我拿起手机想给它们拍照，水下压力太大，套着潜水套的手机屏幕不听使唤，心里一急，直接倒插葱栽倒在海底，我吓了一跳，这时候发现因为进水太深，呼吸管不管用了。慌乱中想起教练说的冷静和憋气，赶紧闭上嘴巴，让身体先平衡起来，还好穿了救生衣，我又浮到海面上来，但是很害怕，头仰着喘气，双手向远方的小黑挥舞，很快小黑发现了我，把我拽回到船尾的安全区域。

爬到船上歇了好大一会儿，美人来问我说还要不要下去，我摆摆手说，你下去多拍几张照片吧，我回个魂。

出海之前担心天气不好，结果一整天都是风平浪静，我坐在船尾看他们一个接着一个地跳下去又浮上来，换气的时候赞叹着海底的美。美人也同我一样抱怨手机套在水下很难打开，照片显得聚焦不清晰，上来后一直嚷着下次要带水下相机才行。

浮潜完毕，大家坐船回到出发的海滩。旅游公司很是贴心，附近有一块儿搭高的天台，铺满特制的镜片，人站在上面反射出来大海的蓝，通天一色，神似天空之境。大家举起相机一顿狂拍，有朋友看到照片后问我是不是跑去旅拍了，我说是自由旅拍，快乐溢出了大家的朋友圈。

结束出海之行，坐车回到市区已经天黑了，我们又跑到天桥下吃榴梿，热带的榴梿味道格外甜，配了两斤山竹，水果之王和水果皇后是绝搭。

四天的行程，没有去更多的地方，送我们去机场的司机是三代华裔，聊起当地还有很多有趣的玩处，我们说，大马下次再见！

济州岛

来一场说走就走的旅行。

相对提前订票提前订车的旅行，去济州岛的时候，算是说走就走了。晨起，看见做旅行工作的小平有一条朋友圈，大意是下午出发济州岛，临时客退，可补舱。我看了下时间，从苏州出发，开车去萧山机场差不多两个小时，到达机场后，距离出发的时间刚好还有三个小时。除去一个小时的意外，满足提前两小时到达机场的要求。

联系了小平，济州岛落地免签，核实了我的护照在有效期内。等小平确定位置后，上楼收拾行李。四十分钟搞定，开车出发。

到达萧山机场时，距离飞机起飞还有两个半小时。

济州岛是韩国最大的岛屿，位于西南海域。空气清新、温度适宜、蓝天白云，被人们称为"小夏威夷"。每一座岛屿都有一个传说，济州岛也不例外。导游和我们说，济州岛是"神话之岛"，流传着许多仙人的故事。岛上有人生活的历史可以追溯到石器时代。我们的三国时期，这里被称为"州胡"，史料记载："其人短小，不与韩同，髡头如鲜卑。"旧时的人不知，现在确有鲜卑族人在韩国经营生活，语言差异甚微。

靠海吃海，勤劳的岛屿人终生在这里劳作，其中有"海女"，海女是指不用潜水装备、徒手潜水捕捞的女性渔民。海女文化在济州岛久负盛名，她们一年四季都在海下徒手捕捞鲍鱼、海参，海水侵蚀着她们的皮肤和关节，不断恶化的海洋环境也让她们的收获越来越少，据统计，目前济州岛的海女不到五千人，她们的年龄大多超过了50岁。2016年"海女文化"被列为联合国教科文组织人类物质文明遗产。我看着餐厅墙上贴着的海女图片，黝黑的皮肤，脸上沟壑纵横，穿着连体的潜水衣，只有一双眼睛热烈地望向大海深处，那是她们留下全部生活和青春的地方。

用完餐出来，我们去了橘子园，橘子是富含维C的水果。苏州的东山也种有很多橘树，我曾经去摘过，但苏州的橘子和这里的有些不同。大概是因为风土气候的原因，这里的橘树矮了一些，橘子结得密密麻麻，爬满了枝，显得叶子有些少了，红色的橘子在阳光的照射下发出橘红的光，煞是好看。当地用橘子做出的维C片很出名，临走时我买了两罐，准备带给侄女吃。

接下来我们还去了泰迪熊博物馆和蝴蝶博物馆。济州岛的海水深蓝，放晴的时候天上的云很白，道路整洁，街上的人们都化着精致得体的妆。

四天结束，我返回苏州。周末和朋友见面，她们问我怎么临时就出游了一趟？我说这才是说走就走的旅行嘛！

苏武牧羊的贝加尔湖

"律知武终不可胁，白单于。单于愈益欲降之，乃幽武置大窖中，绝不饮食。天雨雪，武卧啮雪，与旃毛并咽之，数日不死。匈奴以为神，乃徙武北海上无人处，使牧羝，羝乳乃得归。"

以上是苏武牧羊的故事。苏武出使被匈奴扣留 19 年，受尽苦难，忠贞不屈，回到汉朝时头发胡须都变成白色了。

苏武牧羊的北海就是如今的贝加尔湖。位于俄罗斯东西伯利亚南部，在伊尔库茨克州境内，我是二月份去的，由北京直飞伊尔库茨克。只是坐飞机都觉得很是耗费神力，当年苏武从贝加尔湖返回西安，定是经历了更多的波折和磨难。

从伊尔库茨克机场出来，对面是一片森林，树木高大挺拔，高耸入云。很厚的白雪覆盖在森林的表面，那落下的枯叶都被雪压实了一样，半点不露痕迹。气温零下十几摄氏度，还算不是太冷，我在滑雪服的外面又穿了一件长长的派克大衣，面部还是有冻冰的感觉，地面上结有透明的冰层，客车来接我们，大家赶紧躲进了车里，导游是一位当地姑娘，面部轮廓清晰，瘦且高，她曾经在哈尔滨读书，中文流利。

贝加尔湖是由 300 多条大小河川汇入而成，湖中盛产各种鱼类，是世界上容量最大、最深的淡水湖。湖面形状狭长，有 600 多米。我们到的季节，湖面已经结冰，厚重的冰层像是巨大的冰块，深不见底，冰面上行驶的是号称"苏联小钢炮"的汽车，轮胎也都带了防滑链，司机体型肥壮，有人说了一句，这是战斗民族的特色。其实，所有这些，都是和当地寒冷的天气和饮食习惯相关的。

晚上我们住的地方是华人开的民宿，全木结构的小木屋。室内暖气充足，还有浴霸和热水，让我们感到很幸福。

次日我们去看蓝冰，在湖的深处，湖面上的冰比来时路上的冰更加清澈，不知是不是地壳运动，平整的冰面一侧忽然突出了一条漫无边际的大冰带，那冰块直立起来，还是透明的，在阳光下显现出凛冽的风姿。有人打趣说，舌头舔上去会不会被冻住。零下 20 摄氏度的气温，没有人敢拿舌头去试，湖面岛上的边沿处有冰柱垂下来，形成不规则的冰洞，大家藏在里面探出头来拍照，大家都戴着翻毛的帽子，憨厚的打扮极具喜感。

中午司机帮我们煮鱼汤，鱼是他们从家里带过来的，说是现钓怕我们等不及，毕竟十几米的冰层，凿下去也要些时间的。冰面上架起三角形的柴堆，铁锅吊在上面，不一会儿鱼的鲜味儿飘了老远，就着司机大叔家的面包，大家吃得津津有味。我不禁想起千年前的使者苏武，在茫茫的雪地里，什么吃的都没有，靠羊毛和雪生存了下来，他没有屈服于匈奴，直到汉武帝收到大雁带回的书信，他才被解救归乡。是民族大义还是身负使命，不得而知，想来我们英雄的祖先在这里生活了 19 年，寒来暑往，青丝变成了白发，悲从中来。朋友喊我要不要加鱼汤，我说不用了。回去的时候问司机这里是否养过牛羊，他说镇子上有，冬天的时候和家人睡在一起。

司机掏出他的全家福给我看，一双朴实的儿女，太太一看便是善良的人，我说真好。他把照片收回去放在贴身的口袋里，胖胖的脸庞上笑成了一朵花。那眉毛和鼻子都挤到了一块，眼睛眯成了两条细缝儿，夕阳照在风挡玻璃上，我侧头看着贝加尔湖，远处那片白茫茫，像是苏武赶着羊群也回家去了。

深爱这个明亮如初的世界

生而为人。我感官的世界是我读过的书、走过的路和遇见的人。世界客观地存在，有天地、世间和彼岸，是万物生灵和无数个我。

年少时，曾以为远方很远。我出走，离开生活了多年的村庄和小城，往南。

成年后，觉得世界很小，囿于内心的焦虑和众多的无知，于是，我重新寻找着我。

我常抄《心经》，它说：无挂碍故，无有恐怖，远离颠倒梦想，究竟涅槃。我学着坦荡、舍弃和放下，直到梦魇散去，弥望消离。

小时候，不过4岁，奶奶教念短诗和童谣。到了邻家，并不怕生，仰头而音出，睥睨天下。邻家的奶奶们不惜赞美和夸奖，我性拙，很长的时间里都以为自己很优秀，碾压中街的长岁孩童无数。直到多年以后在异乡的街头一个人走了很久，才回过神来，那是长辈的善意，是她们的无限的纯良和祝福。

母亲曾嫌我话多，说到时候，会做木工的父亲送给你一个木头人，随你嫁去。到了婆家，木头人不开口，你便不要讲话，大嘴巴即是家教浅，易丢娘家脸。我心惊了很久，木头人根本不会说话，我要被憋死的呀！父亲今年已经70多岁，闲来含饴弄孙，木匠那些工具也早收了起来。

文字于我的启蒙，是奶奶。她是一位裹小脚的闺秀，自己做偏襟的短衫，自己缝制布鞋，夏天里钩下来皂角树的叶子和草木灰净水洗衣。

我在后来的日子里，遭遇过人性之恶，现在想来，对于不同谋者，不过是绕了一些路，更多的人给了我莫大的善意和包容，尤其是业内好友，她们的举荐和支持，让我在很多深夜感慨不已，感谢我的朋友们，在我任何一个至暗时刻，都垂手相拉，倾力而助。

职业上，我曾遇见过两位前辈，是他们的栽培和提携，让我获得更多自信和机会，在我独立操作的时候，仍然给予提醒和关照，我常常反省，自己在职业内是否有负于他们的期待和厚爱。这让我在面临荆棘与迷雾之时，敢于抉择和放弃。

那些曾经同我辗转多城的姑娘，感谢你们无限的信任与支持，数年奔波，所获甚少，却无倾诉抱怨和委屈。是你们的"骄纵"和宠爱，让我放肆地任性，不羁纵然多有瑕疵，无悔才是青春，在我告别职业生涯的时候，千言万语哽在心头，郑重地和你们说一声辛苦了，谢谢！

我感谢自己，多年以后，初心不忘，重拾文字之梦，结集成文。无论前路如何，我都深爱这个明亮如初的世界。